走近中国·作家文丛　丛书主编　钱林森

〔英〕威廉·萨默塞特·毛姆——著

莫詹坤——译

中国屏风上

毛姆中国之旅

ON A CHINESE SCREEN

W.Somerset Maugham

中央编译出版社

CCTP

Central Compilation & Translation Press

图书在版编目 (CIP) 数据

中国屏风上：毛姆中国之旅 / (英) 威廉·萨默塞特·毛姆著；莫詹坤译 . —北京：中央编译出版社，2023.9

ISBN 978-7-5117-4435-7

Ⅰ.①中… Ⅱ.①威… ②莫… Ⅲ.①游记–作品集–英国–现代 Ⅳ.① I561.65

中国国家版本馆 CIP 数据核字 (2023) 第 096015 号

中国屏风上：毛姆中国之旅

出版统筹	张远航	
特约策划	贾宇琰	
责任编辑	郑永杰	
责任印制	李 颖	
出版发行	中央编译出版社	
地 址	北京市海淀区北四环西路 69 号 (100080)	
电 话	(010)55627391(总编室)	(010)55627312(编辑室)
	(010)55627320(发行部)	(010)55627377(新技术部)
经 销	全国新华书店	
印 刷	北京文昌阁彩色印刷有限责任公司	
开 本	880 毫米 × 1230 毫米 1/32	
字 数	160 千字	
印 张	8.375	
版 次	2023 年 9 月第 1 版	
印 次	2023 年 9 月第 1 次印刷	
定 价	68.00 元	

新浪微博：@中央编译出版社　　　　微 信：中央编译出版社(ID: cctphome)

淘宝店铺：中央编译出版社直销店 (http://shop108367160.taobao.com) (010)55627331

本社常年法律顾问：北京市吴栾赵阎律师事务所律师 闫军 梁勤

凡有印装质量问题，本社负责调换，电话：(010)55626985

为"走近中国"文化译丛作序

雷米·马修

在古希腊古罗马时代结束了很长时间之后，欧洲世界转向了中国，却丝毫不了解中国之文化何其博大、中国之历史何其流长、中国之疆域何其广袤、中国之人口何其众多。那么，为什么要走近中国？要知道，要不是因为那条自罗马帝国时代以来就闻名天下的丝绸商贸之路，中国对欧洲一直也并未表现出多少兴趣。钱林森教授主持了一项卓越的事业，就是通过主编这套"走近中国"文化译丛，从历史和跨文化的角度，来回答这个宏大而复杂的问题。该译丛收录了丰富多彩的著作（原著多为法文和英文），以帮助人们理解这样一些对中国都充满着热爱，或者最起码充满着浓厚兴趣的欧洲知识分子是如何从自己的旅行记忆、宗教信仰以及各自时代所获得的科学知识出发，自以为是地对中华文明加以解读和诠释的。

　　在欧洲与远东交往的历史上，起初有三种动机推动着欧洲人去发现中国：宗教、商贸和对未知事物的了解欲。可以说，这样一段发现的历程多少是遵循了这样一个历史演进规律的。在信奉基督的欧洲，人们有一种要引领新的族群皈依"真正信仰"的信念。正是这种信念帮助天主教扩张到了美洲、非洲，当然还有亚洲。尽管欧洲早已有人远赴中国探险，但西方渗入中国的最初尝试，应该算是传教士们（在十六世纪末）的成就。他们甚至还为此设立了一些长期稳定的传教使团，其中大多由耶稣会会士或多明我会会士领导。这些传教使团在中国大陆的存在一直持续到将近 1950 年时才告终结。所以，欧洲最初获得的有关中国的信息，要归功于这些教士，他们在努力培养信徒的同时，执着地自以为从中国人的思想和信念中发现了属于原始基督教的一些遥远的、变形的元素。当然，我们现在都知道，他们的这些先入为主的观念导致他们在理解中华文明时犯下了多么重大的错误。

　　紧随传教使团之后，或者说与之同步，掀起了解中国第二波浪潮的，是商人。这波浪潮在十七世纪，也就是路易十四时期，渐渐成为时代的潮流。那时，全欧各国贵族以及从事商贸的资产阶级的家里都充斥着来自中国的丝绸、瓷器和青铜器。资产阶级也希望能在亚洲，尤其是在中国，为自己的商品找到一片广阔的市场，而不需要承受太多的道义负担。这些富裕的家庭以及这些掌权的贵族对这些他们连产地名称都不清楚的 "中国货" 趋之若鹜。我们都知道，这样一种进攻态势的经济帝国主义发展到十九世纪，就导致了一些政治争端和军事战争，其中的标志就是两次鸦片战争以及随后那些给中国留下如此糟糕记忆的一系列 "不平等条约"。无论如何，西方的商人们还是获得了对这个丝绸及牡丹之国的认识，尽管这种认知是以经济利益为基础的，并且因为方法论的缺陷而常常充满了误解。

最后，从十九世纪始直至今日，以西方文人为主体构成的 "汉学家" 群体一直致力于解读和传播古代传统中国的语言、文学、艺术、社会学和历史……要想理解中国是如何被西方 "走近" 的，首先就应该向他们求教。虽然不可否认，这些学者中有相当多也曾是传教士或商人，在解读古代和现代中国的运作机制上曾经有过宗教信仰或经济利益上的考量，但从此，欧洲涌现出了众多懂得中华文明的专家。当然，也不要忘记日本的学者，他们对汉字文化的熟悉程度是他们的明显优势所在。

本套丛书收录的著作并不能完整地反映欧洲汉学研究的全貌。要知道，所有的西方国家都曾经从各自的传统、各自的经济利益、各自的地理位置以及各自当时的政治或军事实力出发，来寻找通往中国的道路。葡萄牙、波兰、俄罗斯、荷兰、瑞典……这些国家虽然算不上欧洲汉学研究的大国，也算不上最强大的帝国主义列强，但它们也都曾开辟了自己通向中国的道路。这第一批书目收录的只是一些英文和法文原著的作品，但还是能让中国读者窥见现当代西欧对中国的看法。它也使读者可以重新发现一些伟大的学者，比如洪堡（Alexander von Humboldt, 1769—1859），其研究领域虽然主要集中于自然科学和世界地理，但他其实也是最早关注中国语言的德国科学家之一。他曾和雷慕沙（Jean-Pierre Abel-Rémusat, 1788—1832）合出过一部题为《关于汉语有益而有趣的通讯》（*Lettres édifiantes et curieuses sur la langue chinoise, 1821—1831*）的文集，为法国学院派汉学研究贡献了一块主要基石。

汉语，因其不属于印欧语系并且表现出诸如"单音节""多音调"等与欧洲语言完全不同的特征，而常常成为西方作者进行自我观照的一个选项。本套丛书收录了一些或多或少涉及此类问题的作者及著作。比如白吉尔（Marie-Claire Bergère）和安必诺（Angel Pino）在1995年出版的《巴黎东方语言学院百年汉语教学论集（1840—1945)》（*Un Siècle d'enseignement du chinois à l'École des Langues orientales*, *1840—1945*）就回顾了东方语言学院汉语教学的历史。而在那之前，在雷慕沙的推动下，巴黎的法兰西公学院（Collège de France）早在 1815 年就已经开始了大学汉语教学。

在语言方面，中国诗歌在现代出版物中占据重要地位。这在很大程度上要感谢朱笛特·戈蒂耶（Judith Gautier, 1845—1917），她把许多中国古诗译介成法语，于 1867 年编成了一本非常出色的集子《玉书》（*Le Livre de jade*），成为第一位编纂中国诗集的作家。这部作品令法国人了解了从上古至十九世纪的中国诗歌浩瀚的数量和卓越的品质，更让法国的诗人们领略了中国的诗歌艺术。1869 年，她又 [以其婚后姓名朱笛特·芒代斯（Judith Mendès）] 出版了《皇龙》（*Le Dragon impérial*），深刻地影响了那个时代法国的精神世界，受到了维克多·雨果（Victor Hugo）和阿纳托尔·法朗士（Anatole France）的高度赞誉。到了离我们更近的时代，仍有一些法国作者将心血倾注于伟大的中国古诗，或加以研究，或进行译介。正如郁白（Nicolas Chapuis）在其于 2001 年出版的《悲秋——古诗论情》（*Tristes automnes*）中所出色完成的那样。他所因循的，是葛兰言（Marcel Granet, 1884—1940）在一个多世纪前走过的道路。葛兰言曾经出版过一本《中国古代的节庆与歌谣》(*Fêtes et chansons anciennes de la Chine*),试图通过对《诗经》中许多诗歌的翻译和解读勾勒出古代中国社会的轮廓。走在相似道路上的,还有英国的大汉学家阿瑟·韦利(Arthur Waley,1889—1966),他为欧洲贡献了大量中国和日本诗作的翻译。他之所以被收录于本套丛书,凭借的是他最有名的那部献给伟大诗人李白的著作《李白的生平与诗作》(*The Poetry and Career of Li Po, 701–762 A.D.*),这部著作迄今依然是西方汉学研究的权威之作。而美国杰出汉学家狄百瑞(William Theodore de Bary,1919—2017)的研究显然更加集中于哲学层面,他于1991年出版了《为己之学》(*Learning for One's Self: Essays on the Individual in Neo-Confucian Thought*),努力地向好奇的西方读者介绍中国的"理学"思想。他可以算是一位向本国同胞乃至向全世界大力推介远东哲学的学院派汉学家。从一定程度上说,于1924年出版了《盛唐之恋》(*La Passion de Yang-Kwé-Feï, favorite impériale*)的乔治·苏里耶·德·莫朗(George Soulié de Morant,1878—1955)也是如此,他改编了唐朝杨贵妃的历史故事,并借机引述翻译了杜甫的一些诗篇。同一时期有一本题为《论中国文学》(*Essai sur la littérature chinoise*)的小册子也是他 [以笔名乔治·苏里耶(Georges

Soulié)] 发表的作品。

许多关于中国的作品，都是西方的学者文人编著的他们在中国旅行或生活的记录，但也有一些出自普通西方旅行者的笔下。他们只是想把自己的印象告诉当时的同胞，让后者了解有关中国这个遥远国度的真实或假想的神秘之处。其中最古老的一部，大约是《曼德维尔游记》（*The Travels of John Mandeville*），该书作者身份不明，应该是生活在十四世纪的欧洲人；他以极尽奇幻绮丽的笔法详细地记载了他远行东方的历程。该书有可能对马可·波罗（Marco Polo，1254—1324）的精彩故事也产生了影响。本套丛书收录了离我们更近的克洛德·法莱尔（Claude Farrère）于 1924 年出版的《远东行记》（*Mes Voyages: La Promenade d'Extrême-Orient*），令人不由得联想到皮埃尔·洛蒂（Pierre Loti）、亨利·米肖（Henri Michaux）、亚瑟·伦敦（Arthur Londres）等欧洲记者及作家，他们都曾在二十世纪初启程奔赴这个尚不为世人了解的远东国度，然后又都把充斥着令他们感觉奇特的画面、声音和气味的回忆带回到了西方。路易·拉卢瓦（Louis Laloy，1874—1944）在 1933 年出版的《中华镜》（*Miroir de la Chine: Présages，Images，Mirage*）也属于这一大类。拉卢瓦对中国的音乐着墨颇多，因为他是当时为数不多的对中国音乐颇有钻研的专家之一；他还发表过多项关于中国乐器和中国戏剧的研究成果。值得一提的，还有乔治－欧仁·西蒙（G.-Eugène Simon, 1829—1896），他的《中国城》（*La Cité chinoise*）讲述了自己作为领事的回忆，在欧洲大获成功。许多曾经在中国居住或生活过的法国或英国的作家都用各具风格的文字记述了自己在中国的见闻，他们的作品不仅体现了他们的美学情感、文化体验，而且具有重要的文学价值。其中，值得人们铭记的名字有谢阁兰（Victor Segalen, 1878—1919），他创作了大量中国主题的文学作品，包括本套丛书收录的优秀作品《中国书简》（*Lettres de Chine*）。还有毛姆（William Somerset Maugham, 1874—1965），他于1922 年发表的《中国屏风上》（*On a Chinese Screen*）是一部以中国作为背景的旅行日记式短篇小说集。哈罗德·阿克顿爵士（Harold Acton, 1904—1994）发表的题为《牡丹与马驹》（*Peonies and Ponies*）的集子也很有名，那是他在长居北京期间写成的，用一种纯英式的幽默记录了英国人和中国人之间的文化碰撞。从奥古斯特·博尔热（Auguste Borget, 1808—1877）的笔下，也能读到同样的文化碰撞，他的《中国和中国人》（*La Chine et les Chinois*）采用欧洲中心的视角去观照中国文化中"奇丽"的一面，颇受向往异域情调的西方读者们的欢迎。与此观点一致的,还有法国记者保罗－埃米尔·杜朗－福尔格(Paul-Émile Durand-Forgues,1813—1883)以笔名"老尼克"(Old Nick)创作的《开放的中华》(*La Chine ouverte*,1845年首版,2015年再版)。这本书如其书名所示,讲述了在惨烈的鸦片战争之后,中国被迫向西方列强打开大门。但最妙的,还要数儒勒·凡尔纳(Jules Verne,1828—1905)在其1879年的杰作《一个中国人在中国的遭遇》(*Les Tribulations d'un Chinois en Chine*)中虚构的幻想之旅,充满了丰富的创意,后来在法国还被改编成了电影。

雷威安(André Lévy)在1986年翻译推出的《1866—1906年中国士大夫游历泰西日记摘选》(*Les Nouvelles lettres édifiantes et curieuses d'Extrême-Occident par des voyageurs lettrés chinois à la Belle Époque,1866-1906*)的一大成就,是展现了十九世纪末到欧洲游历的中国旅行者的反应,由此让我们看到了东方人对当时他们极为陌生的欧洲世界的看法。同样属于中国对西方进行见证这一类型的作品,还有陈丰·思然丹(Feng Chen-Schrader)在2004年出版的《中国文书——清末使臣对欧洲的发现》(*Lettres chinoises: Les diplomates chinois découvrent l'Europe,1866-1894*),让我们

了解到清末中国的来访者在接触到欧洲时的所思所想。要知道，在那个互不了解的时代，中国和欧洲对彼此的认识同样少得可怜。

如前所述，中国艺术对欧洲的渗入始自路易十四时代。在法国，这种渗入在路易十五及路易十六时代进一步增强，这与中国的清朝在十八世纪达到鼎盛时期是一致的。中国艺术在法国登堂入室，对于十九世纪前夕的法国人了解中国文化至为关键。与此同时，中欧之间的商贸交流获得了重大飞跃，渐渐形成了欧洲产品对远东的经济入侵之势。亨利·考狄（Henri Cordier, 1849—1925）1910 年发表的名著《18 世纪法国视野中的中国》（*La Chine en France au XVIIIe siècle*）对这种同时出现在艺术和经济两个领域里的现象进行了研究。虽然直到二十世纪初，欧洲人对中国的思想一直不甚了解，但他们对中国的艺术表达却知之颇多，考狄的研究正好能够帮助我们理解这一点。当然，欧洲人对中国文化表达方式的认识并不局限于绘画、雕塑或丝绸艺术。中国的文学，尤其是中国的诗歌也进入了西方知识界，并给予了西方文学家和诗人们许多灵感和启迪。我们之前已经说过，这首先要感谢朱笛特·戈蒂耶。2011 年，岱旺（Yvan Daniel）通过其在《法国文学与中国文化（1846—2005）》中出色的研究，

对历史这一尚不甚为人所知的方面进行了分析。他考察了约
1840 年前后的法国文学作品，尤其是保罗·克洛岱尔（Paul
Claudel）以及谢阁兰的作品，论证了戈蒂耶译介中国诗歌对
他们产生的影响。而在 1953 年，即新中国成立几年之后，明
兴礼（Jean Monsterleet）在其《当代中国文学的高峰》中，
对百年之后的中国文学文化重新进行了一番梳理。这种以竭
尽全力打倒旧文化为目标的新文化，将中国的一种新面貌呈
现在了对中国革命时期（1920—1950）涌现的当代中国作家
知之甚少的西方读者眼前。我们还要指出的是，明兴礼是曾
经在中国和日本传教的耶稣会士，因而他当然是从天主教的
视角来对革命中国的社会政治实践进行考察的。

　　走近中国，恰如钱林森教授为这套丛书精心遴选的文本
所证明的那样，是欧洲历史中一段形式极其丰富、历时极其
持久的历程。这些著作既反映了欧洲人认知中国的水准何其
之高，也反映了他们认知中国的程度何其局限。这些局限是
人所共知的：每个民族都会因其信仰、科学知识以及风俗习
惯而在某种程度上视自己为"世界的中心"，从而使自己受到
了局限。理解他人、认识他人是困难的，难就难在我们总是
顽固地以为我们可以以己度人。这一点，庄子和淮南子等伟
大的思想家早已作出过论述。我们也看到，正如清朝文人在

游历西方时发表的感言所揭示的那样，中国人在认识欧洲的过程中也存在着同样的现象。尽管如此，还是必须强调，要是没有欧洲的（正面的以及负面的）影响，中国就不可能成为今日之中国，同样，没有中国为欧洲文化和技术带来的贡献，欧洲也不可能成为今日之欧洲。这便是雷米·马修（Rémi Mathieu）在 2012 年出版的著作《牡丹之辉：如何理解中国》（*L'Éclat de la Pivoine. Comment entendre la Chine*）中所捍卫的观点。他提醒人们不要淡忘中国和欧洲为彼此作出的贡献，以及双方有时都不愿承认的对彼此欠下的债务。这套囊括众多著作的丛书彰显了分处欧亚大陆两端的欧中双方希冀提升相互理解的共同愿望，的确是一件大大的功德。

雷米·马修（Rémi Mathieu）

2020 年 9 月 10 日

（全志钢 译）

理解中国：法兰西的一种热爱

——为"走近中国"丛书作序

郁　白[1]

　　"中国是一个巨大的存在。她存在着。无视她的存在，是盲目的，况且她的存在日益显要。"（夏尔·戴高乐，1964年1月8日）

　　2014年，为纪念法国与中华人民共和国建立外交关系五十周年，法国外交部档案室对有关十八世纪以来曾经代表法国来华的学者、外交官及译者的一系列文献进行了整理汇编，结集成册，以《中国：法兰西的一种热爱》（*La Chine: une passion française*）为题出版。

　　钱林森教授在这套"走近中国"丛书中推介的法国学者文人们关于中国著述的中文译本，强化了这样一种认识，即

_____

① 　20世纪法国汉学家、翻译家，资深外交家。

法国的知识分子一直和中国保持着一种充满激情的关系。英国大汉学家史景迁（Jonathan Spence，1936—2021）在其于1998年出版的关于西方对中国的想象之作《大汗之国：西方眼中的中国》（*The Chan's Great Continent: China in Western Minds*）中，将此称作"法国人的异国情缘"："当时（十九世纪末）的法国人把他们对中国的体验和见解凝练成了一套颇为严密的整体经验，我称之为'新的异国情缘'。那是一段交织着暴力、魅惑和怀念的异国情缘。皮埃尔·洛蒂（Pierre Loti）、保罗·克洛岱尔（Paul Claudel），还有维克多·谢阁兰（Victor Segalen），他们三人都在1895年至1915年期间在中国生活了一段时间。他们都坚信自己看到了、听到了、感受到了真正的中国。因为他们都是拥有巨大影响力的作家，所以他们把自己对中国的见解刊印出来，既拓展了西方对于中国的想象，同时又遏止了这种想象的泛滥。"

如果确如亚里士多德的名言所说，"理解欲乃人之天性"（《形而上学》），那么走近中国，对于法国而言，曾经是，现在依然常常是这种欲望的升华。正是在这种欲望升华的驱使下，诸多法国人深度地亲身参与到这个进程中，为理解中国投入了大量心力，并为之痴迷。这种痴迷，归根结底，就是受到了一个在众多方面都超乎理解的国度的吸引。中国的读者或许会问，法兰西对中国的这般"激情"是合理的吗？对于他们，我们只要简单地回答说：要想达致真正的理解，就必须先学会爱。

本套丛书辑录的文本所反映的，就是这样一个求索的过程。在中国，有太多人抱持这样一种论调，认定西方"不理解"中国。这些文本应该可以为这样的论调画上句号了。诚然，法国知识分子对中国的印象与中国在不同历史阶段想要向世人展现的印象可能并不一定相符。但在文化关系中，感受与实际同样重要。一味宣称"实际情况不是这样的"，并以此为由去否认另一方的理解，这样的做法不仅毫无建设性，甚至是有害的。更有意义的做法，应该是对两者之间的差异、距离甚至是鸿沟进行测量评估，以便架起新的理解的桥梁。

且以安德烈·马尔罗（André Malraux，1901—1976）的名著《人类的境遇》（*La condition humaine*，获得 1933 年龚古尔文学奖）为例。它讲述的是 1927 年上海工人起义遭镇压的故事。有评论说这部小说"消解了（西方人对中国的）幻想但又不致令人绝望"，而这一效果的达成，虚构在其中起到的作用要比纪实大得多。而且这本书是欧洲第一部预言中国革命的作品。

离我们更近一些的例子，是尼古拉·易杰（Nicolas

Idier，1981—）在 2014 年出版的《石头新记》（*La musique des pierres*）。易杰曾任法国驻中国大使馆文化专员，他笔端流露地对画家刘丹（1953—）的真挚感情令读者感动。他说刘丹"画的是中国（未来）在经历了一段漫长的阴霾后迎来的复兴"。这本书延续了三个世纪以来以中国为题的法国文学的传统，把一段充满个人主观体验的讲述打造成了一份关于艺术及艺术家在当今中国所发挥的作用的证词。

　　我在这里提及这些并未被钱林森教授收录进这套丛书的作品，目的是吊一下中国读者们的胃口。要知道：对中国的热爱是法国文学的一个鲜明特点。除了在法国，还有哪个国家会有那么多以中国作为核心研究对象的院士？前有阿兰·佩雷菲特（Alain Peyrefitte，1925—1999）和让-皮埃尔·安格雷米（Jean-Pierre Angrémy，1937—2010），今有程纪贤（François Cheng，中文笔名"程抱一"，1929—），他于 2002 年当选法兰西学院院士，是法国历史上第一位华人院士。

　　这套丛书是钱教授特地为法国的一些汉学家准备的颁奖台。我们要热烈地感谢他记录下法国汉学家们在理解中国的进程中所作出的重大贡献。而且他们的贡献常常超越法语世界的边界。葛兰言（Marcel Granet，1884—1940）、雷维安（André Lévy，1925—2017）、白吉尔（Marie-Claire Bergère，

1933—）和雷米·马修（Rémi Mathieu, 1948—）培养的一代
代学生如今已经成为执掌法中两国关系的主力。法国的中国
文化教学也从未像今天这样兴旺繁荣，而中文也已经成为法
国中学生的一门选修外语。这一切，都为法国在未来更加全
面地走近中国打下了基础，为唤醒法国文学的全新使命打下
了基础，为法国对中国更深沉的热爱打下了基础。

郁白（Nicolas Chapuis）

2020 年 5 月 3 日，北京

（全志钢译）

"走近中国"文化译丛主编序言

钱林森

"走近中国"文化译丛书系，是 21 世纪初我主持编译的西方人（欧洲人）"游走中国""观看中国"的小型文化译丛。这套文化译丛的酝酿、构想，始于 20 世纪末与 21 世纪之交，而最终促成其创设、实施的机缘，却源于遐迩闻名的山东画报出版社一位素未谋面的年轻编辑曹凌志先生的一次造访。2002 年 10 月深秋的一天，曹先生手持一部大清帝国时代的法文原版精装书来宁见我，他一见到我，便开门见山地介绍道：这是他们山东画报出版社从西南四川等地，经多处庙堂辗转而得手的一部图文并茂的法语原著。社里领导很想将此书翻译成中文正式面市，但不知它写的什么内容，值不值得翻译出版刊行。所以要请专家评估一下。曹先生庄重地申言："我们曾首先咨询过北京社科院外文所法国文学大家柳鸣九先生的高见，是柳鸣九先生建议我们来宁登门拜访您的。"——不由分说，便把他手持的法文原版书递过来。受宠于我所敬重的权威学者之举荐，岂容怠慢？我就诚惶诚恐地连忙接过客人递过来的这部精装珍稀读物，认真地翻阅起来，方知这原是19世纪法国一位匿名游记作家老尼克（Old Nick）所撰，并由同时期法国著名画家、旅游家奥古斯特·博尔热（Auguste Borget）作插图的图文并茂的"游记"①，是西人"游"中国、"看"中国、想象中国、认识中国的时兴文体。初看起来，内中虽不无作者舞笔弄文的杜撰，但其历史文献的意义，却是显而易见的，加之书内附有清朝时期罕见的栩栩如生的写生插图画，其珍贵的文化价值和收藏价值，毋庸置疑，因此，它也就被顺理成章地收进了敝人酝酿有年的"走近中国"文化译丛书系。

　　"走近中国"文化译丛最初的构想，是想编选"域外人"（包括东洋人和西洋人）"游"中国、"看"中国的大型文化游记书系，而域外的中国游记，浩如烟海，受制于个人精力、能力和出版诸因素，编选者最终只取一瓢饮。选择的标准有二：一是该文本的跨世纪影响力，即这些文本迄今为

---

　　① 指（法）老尼克著，奥古斯特·博尔热作插图的《开放的中华——一个番鬼在大清国》。

止还时不时地影响着西方人对中国的看法，是西人眼里的经典。二是该文本的文学、历史价值，即这些文本不仅有较强的可读性，且有重要的历史价值和文化意义。首辑仅选法、英两国 10 部长短不等的中国游记，即（法）老尼克的《开放的中华》（*La Chine ouverte*，1845）、（法）格莱特（*Thomas-Simon Gueullete*，1683—1766）的《达官冯皇的奇遇——中国故事集》（*Les Aventures merveilleuses du Mandarin Fum-Hoam: Contes chinois*，1723）、（法）奥古斯特·博尔热（Auguste Borget，1808—1877）的《中国和中国人》（*La Chine et les Chinois*，1842）、（法）绿蒂（Pierre Loti，1850—1923）的《在北京最后的日子》（*Les Derniers jours de Pekin*，1901）等组成一套小型书系，于 21 世纪头 10 年间，由山东画报出版社、江苏人民出版社、上海书店出版社出版。首辑译丛正式面世时，我曾就其编选动因和译丛的创意与宗旨作了如下说明：

　　中西方文明的发展与相互认知，经历了极其漫长的道路。两者的相识，始于彼此间的接触，亦可以说，始于彼此间的造访、出游。事实上，自人类出现在地球上，这种察访、出游就开始了，可谓云游四方。"游"，是与人类自身文明的生长同步进行的。"游"，或漫游、或察访、或远征，不仅可使游者颐养性情、磨砺心志，增添美德和才气，而且能使游者获取新知，是认识自我和他者，认识世界、改变世界的方式。自古以来，人类任何形式的出游、远游，都是基于认知和发现的需要，出于交流和变革的欲望，都是为了追寻更美好的生活。中西方的互识与了解，正开始于这种种形式的出游、往来与接触，处于地球两端的东西（中西）两大文明的相知相识和交流发展，正由此而起步。最初的西方游历家、探险家、商人、传教士和外交使节，则构筑了这种往来交流的桥梁，不论他们以何种机缘、出于何种目的来到中国，都无一例外地在探索新知、寻求交流的欲望下，或者在一种好奇心、想象力的驱动下，写出了种种不同的"游历中国"的游记（包括日记、通讯、报告、回忆录等）之类的作品，从而构成了中西方相知相识的历史见证，成为西方人认识自我和他者、认识中国、走近中国的历史文献，在中西交流史上具有无可取代的价值和意义。对这些历史文本作一番梳理、介绍，它本身就是研究"西学"和"中学"不可忽略的一环，是深入探讨中西方文化关系无法回避的重要课题。翻译出版"走近中国"文化译丛最初的动因正在于此。

在中西方两大文明进行实质性的接触之初，在西方对东方和中国尚未获得真实的了解和真确的认知之前，西

方人——西方旅游家、作家、思想家和传教士，总习惯
于将中国视为"天外的版舆"，将这个遥远、陌生而神秘
的"天朝"看作不同于西方文明的"异类世界"，他们在
其创作的中国游记，以及有关中国题材的其他著作中，总
是按照自己的意愿与想象塑造自己心目中的中国形象——
一个迥异于西方文化的永远的"他者"形象。在西方不同
时代、数量可观的中国游记中所创造的这种知识与想象、
真实与虚构相交织的"中国形象"，无疑是中西交通史上
一面巨大的镜子，从中显现出的不仅是"中国形象"创造
者自身的欲望、理想和西方精神的象征、文化积淀，也是
西方视野下色泽斑斓、内涵丰富复杂的"中国面影"。这
就决定了，西方的中国游记和相关题材的著作，既是中国
学者研究"西学"的重要历史文献，又是西方人研究"中
学"的历史文本，其深刻的学术价值是显而易见的。西方
的中国游记对中国的描写和塑造，不仅激发了西方作家、
艺术家的创作灵感，也为西方哲人提供了哲学思考的丰富
素材，启发了他们的思想智慧。一如有些文化史家所指出
的，"哲学精神多半形成于旅游家经验的思考之中"[1]。西

---

[1]　艾田蒲:《中国之欧洲》(上)，许钧、钱林森译，河南人民出版社 1992
年版，第 197 页。

方早期的中国游记，虽然多半热衷于异乡奇闻趣事的报道而缺乏哲学的思考，但它们所提供的中国信息、中国知识和中国想象，却给人以思考，为西方哲人，特别是16世纪以降人文主义、启蒙主义思想家提升自己的哲思，建构自己的学说，提供了绝好的思想资源和东方素材，并且成为他们描述中国、思考中国不可或缺的参照。这样看来，西方的中国游记所蕴含的思想价值和哲学意义，也是不言而喻的。我们还注意到，历代西方的中国游记所传递的中国信息、中国知识，不仅使西方哲人深层次地思考中国、认识中国提供了可能，而且也直接地促进西方汉学的生成和发展。西方中国游记和类似的"中国著作"，特别是17、18世纪来华耶稣会士的游记和著述，所展示的中国形象、中国信息、中国知识，直接构成了18世纪欧洲"中国热"主要的煽情材料和思想资源，直接助成了19世纪西方汉学生长和自觉发展的重要契机，其文化意义也毋庸置疑。如是，文化译丛"走近中国"的创意，正基于此。

那么，在难以数计的西方游记和相关著述里，中国在西方视野下究竟呈现着怎样的面貌？这难以数计的游记、著述又如何推动西方汉学的生成与发展？它们在西方流布，到底在传播着怎样的中国神话、中国信息、中国知识，从而深化西方人对中国的了解和认识，使之一步步走近真实的中国？这便成了本译丛梳理、择选的线索和依据，以此而为读者提供一幅中西方相知相识、对话交流的历史侧影，正是本译丛的编译宗旨。

新编"走近中国"文化译丛，严格遵循首辑译丛所确立的编译宗旨和编选标准，但在入选作者国别和作品文体、内容方面却有所不同。首辑出版的"走近中国"文化译丛入选作品，主要是法、英旅游家、作家所撰写的中国游记、信札、日记等文类，而新编入选作品，则集中择选法国作家、汉学家（含中国驻法使节、留法学人）所撰写的思考、研究中国文化的著述，除游记、信札、报道类外，还包括散文随笔、传奇、戏剧、哲学对话和学术专论等各类文体在内的著作。这就是说，行将推出的新编"走近中国"文化译丛，不止于西人"游走中国"的游记，着重收入的是法、中两国作者所撰的研究中国文化的著述，包括文学创作和学术研究两类著述，是法、中学人互看互识、对话交流的跨文化学术丛集。"走近中国"文化译丛的编选做这样的变动，实出于编选者能力与知识积累的现实考量，也出于编选者自身研究的实际需要与诉求，因为此时编者也正担负着主编《中外文学交流史》之在研课题。如此面世的文化译丛，必将为源远流长的中西（中法）文化文学关系研究搭建一方坚实、宽阔的跨文化对话平台，也必将为日趋深入拓展的跨文化比较文学研究提供新的学术场域。

　　新编的"走近中国"文化译丛，以"游记"类和"文库"类两辑，即文学作品之"作家文丛"、学术著述之"学者文库"两辑刊行面世。恪守首创宗旨和选择准则，本译丛精选自 17 世纪以降，侧重 18 世纪至 20 世纪的法国作家、思想家、汉学家（含留法华人学者）研究中国文化有影响力的近 20 部作品。每部中译本皆有导读性的译者序或译者前言，并且尽可能地附有原著插图，以图文并茂的新风貌展现于世。具体书目为：马塞尔·葛兰言（Marchel Granet，1884—1940）著《中国古代的节庆与歌谣》（*Fêtes et chansons anciennes de la Chine*），白吉尔（Marie-Claire Bergète）、安必诺（Angel Pino）主编的《巴黎东方语言学院百年汉语教学论集（1840—1945）》（*Un siècle d'enseignement du chinois à l'école des langues orientales，1840-1945，1995*），岱旺（Yvan Daniel）著《法国文学与中国文化》（*Littérature française et culture chinoise*，2000），雷米·马修（Rémi Mathieu）著《牡丹之辉：如何理解中国》（*L'Eclat de la pivoine: comment entendre la Chine*，2012），郁白（Nicolas Chapuis）著《悲秋——古诗论情》（*Tristes Automnes*，*libraire-Editeur You Feng*，2001），路易·拉卢瓦（Louis Laloy，1874—1944）著《中华镜》（*Miroir de la Chine: Présages*，*Images*，*Mirage*），乔治·苏里耶·德·莫朗（George Soulié de Morant，1878—1955）著《盛唐之恋》（*La passion de Yang Kwé fei*，*Mercure de France*，*revue*，*septembre-octembre*，1922），毛姆（W.Somerset Maugham）著《中国屏风上》（*On a Chinese Screen*）等。近 20 部不同文体的作品与著述，敬献于广大读者，就正于海内外方家。感谢一直与编者一起携手共耕的译者朋友们，感谢始终默默地关注着、支持着本文化译丛的亲朋挚友和学界师长、同仁们。

　　"走近中国"文化译丛选载的上述作品，皆属 18 至 20 世纪法国（含英国）作家、汉学家"游走中国""观看中国""认识中国"、思考和研究中国的各类不同文体的优秀之作，是法（英）国作者，一代接一代，瞭望中国、想象中国、描写中国的色泽斑斓、琳琅满目的集锦荟萃，堪称法、英文苑的奇花异草，构成了一道靓丽的风景线。这些作品的作者们，之所以一代又一代心仪"他乡""远方""别处"，不断地瞭望东方——中国，关注中国、描述中国，并不总是出于一

种对异国情调和东方主义的"痴迷",实出于认知"他者"和
反观"自我"的内心需要。"在中国模子中,我只是摆进了我
所要表达的思想。"——20 世纪法国作家谢阁兰的这句话最
好不过地表达了这一代法、英作者关注中国、了解中国、描
写中国的真实愿望,旨在借中国这面镜子来反观自己,确立
自身的形象。他们之所以一往情深地渴望远方、别处,寻找
"他者",恰恰反映了他们对自己认识的深层需求,一种"时
而感受到被倾听的需求,时而(抑或同时)产生倾诉、学习
和理解的需求",一种杂糅了自我抒发与理解他者的"必要"。
克洛岱尔将处于地球东西两端的法中两个不同民族、不同文
明之间的这种相互瞭望、相互寻找、互证互识的双向运动比
作一种自然现象——"海洋潮汐"①。从这个意义上说,他们
"瞭望"东方、"游走"中国、"寻找"他者,也许正是另一种
方式的寻找自我,或者说,是寻找另一个自我的方式;他者
向我们揭示的也许正是我们自身的未知身份,是我们自身的
相异性。他者吸引我们走出自我,也有可能帮助我们回归到
自我,发现另一个自我。由此可见,即将面世的"走近中国"
文化译丛,呈现于诸君面前的这些作品的作者们,之所以如

① Paul Claudel, *La Poésie française et l'Extrême-Orient* (1937), in *Œuvres en prose*, Paris, Gallimard, coll. *Bibliothèque de La Pléiade*, 1965, p.1036.

此一代接一代地渴望东方，远眺中国，寻找他者，如此情有所钟地"醉心"于中国风景，采撷中国题材，一部接一部地不断描写中国，抒发中国情怀，认知中国，正是他们认知自身的需要，他们"看"中国，正是反观自己、回归自己的一种需求，一种方式和途径。如此，从跨文化研究的方法论学理层面看，"走近中国"文化译丛所提出的课题，不仅涉及这些法（英）国作家在事实上接受中国文化哪些影响和怎样接受这些影响的实证研究，还应涉及他们如何在自己的心目中构想和重塑中国形象的文化和心理的考察，研究他们的想象和创造；不仅要探讨他们究竟对中国有何看法，持何种态度，还要探讨他们如何"看"，以何种方式、从什么角度"看"中国，涉及互看、互识、互证、误读、变形等这一系列的跨文化对话的理论和实践的话题，是关涉中外（中法）文化和文学交流史研究的基础性工程，其学术价值和意义，毋庸置疑。

采撷域外风景，载运他乡之石，是当年创设"走近中国"文化译丛之动因、初衷，同理同道，广揽域外风景，汇编成集，呈现于国人，不是为了推崇异国情调，追寻异国主义，而是为了向诸君推开一扇窗户，进一步眺望远方，一览窗外的风景，旨在借助外来的镜像来反观自己，认识自己，从而确立自身的形象。众所周知，他山之石，可以攻玉。打开室内窗户，直面窗外景象，一览无余，我们自身的面貌也就清晰地浮现出来，一如有西方学者所言，在天主教"三王来朝"的时候，在我们的对面肯定会有一张毫无掩饰的面孔出现："在面孔中所反映出来的他人，从某种意义上恰恰揭示了他本人的造型特征。就像一个人在打开窗户的时候，他的形象也同时被勾画了出来。"① 我们编译出版"走近中国"文化译丛，希望诸君看到 17 世纪以降至 20 世纪，这一时代映现在西方人眼中的中国，这个时代西方人注视中国、想象中国、创造中国的"尤利西斯式"目光。那目光可能不时流露出傲慢与偏见，但其中表现在知识与想象的大格局上的宏阔渊深、细微处的敏锐灵动，也许，无不令人钦佩、击节，甚至震撼。总之，诸君倘能闲来翻书，读到"走近中国"文化译丛，击节称奇，从中感到阅读欢愉，发出会心的微笑，那便是对我们的勉励，倘能借助这面互证的镜像，打开"窗外的风景"，反观自己，审视自己，掩卷长思，从中受到教育，那便是对我们最大的奖励。

值此"走近中国"文化译丛付梓刊行之际，我们由衷地

---

① （法）埃马纽埃尔·勒维那斯：《他人的人道主义》，袖珍书，图书馆散文集，1972 年，第 51 页。

感谢出版方中央编译出版社的诸位领导，感谢他们始终坚守契约精神和不离不弃的支持、合作，感谢编译社诸位编辑的悉心编审，感谢翻译团队师友们携手共耕、辛勤付出，感谢法国知名汉学家雷米·马修先生、郁白先生在百忙中欣然赐序，拨冗指教。

钱林森

2023 年 5 月 30 日，大病未愈，居家养病期间定稿

南京秦淮河西滨，跬步斋陋室

译文序

　　《中国屏风上》是西方人游走中国、描写中国的代表性作品，系 20 世纪初叶中西方文化关系的经典著述，有多个汉语文本问世，在海峡两岸汉文化圈流传有年，为广大读者所熟知。本书现由莫詹坤博士依据原著伦敦威廉·海涅曼出版公司 1922 年版重译，入选"走近中国·作家文丛"首批书目。为尽可能贴近原作本真面貌，再现原作风韵，本书译者莫詹坤博士不辱使命、不负重托，刻苦精读原著，致力于体悟原著底蕴，字斟句酌、殚精竭虑，经过近一年努力，终修成正果，以飨我国广大读者。

　　《中国屏风上》作者毛姆，是英国 20 世纪知名小说家、戏剧家，1874 年 1 月出生于法国巴黎；父亲是律师，当时在英国驻法使馆工作。毛姆孩提时代，父母不幸相继去世，伯父把他接回英国收养，送进一所寄宿学校读书。1891 年，年仅 17 岁的毛姆，到德国求学，翌年回国，在伦敦一所医学院学习。两年之后他到门诊实习，并为贫民接生。第一次世界大战期间，他随军到了法国，从事战地医疗工作。1916年，毛姆去南太平洋旅行，此后又多次游历远东地区，并于1920年到中国旅行，写了《中国屏风上》。从1928年起，毛姆开始在法国地中海海滨的里维拉定居。1946年重返法国。1952年，牛津大学授予他荣誉博士学位。1954年，他得到英国女王的册封。1965年12月，毛姆在法国里维拉的"毛莱斯克"别墅病逝，享年91岁。

毛姆的创作活动是从写小说开始的。1897年，他根据在伦敦为期五年的习医生活经历，写成第一部小说《兰贝斯的丽莎》。自此他弃医专事写作，接下来的几年创作了好几部小说，据他自己说，其中没有一部能"使泰晤士河起火"。于是，他转而创作戏剧，从1903年到1933年，共创作近30个剧本，获得成功，成为红极一时的戏剧家。当时，伦敦舞台上竟同时上演他的四个剧本。他的第十部戏剧《弗雷德里克夫人》上演长达一年之久。这种空前的盛况，据说只有著名戏剧家萧伯纳才能与之比肩。他最著名的剧本是《圈子》（1921）。

毛姆不但在戏剧创作方面很有成就，还在长、短篇小说创作方面占据一定的地位。他的第一部重要的长篇小说《人性的枷锁》（1915），是有自传性质的作品，这部小说一出版就受到不少评论家的赞赏，直到1966年，仍被列入"现代文学巨著一百种"。他的另外两部知名代表性长篇小说是《月亮和六便士》（1919）、《寻欢作乐》（1930）。毛姆一生共写有100 多篇短篇小说，出版了许多短篇小说集，较出名的短篇小说集有《叶之震颤》（1921）、《短篇小说全集》（1951）等。毛姆除戏剧、长短篇小说之外，还发表过不少文艺批评著作和回忆录以及赴南太平洋旅行、多次游历远东和中国的游记，其中不乏佳篇，《中国屏风上》便是其中脍炙人口的佳篇。

　　自 13 世纪始，第一批传教士和旅行者经马六甲海峡抵达中国，记录了神秘东方气质独特的城市和雄浑美丽的长江。18 世纪末，马戛尔尼率领的英国使团到达北京，见识了商贸云集的通州港，游览了承德避暑山庄，看到了远处山脉上那道让他们钦佩不已的"醒目的长线"，并在乾隆皇帝诞辰之日谒见了这位有为的君主。一个多世纪后，时年 45 岁的英国作家威廉·萨默塞特·毛姆进入中国。他溯长江而上，行水旱两路，经重庆、成都等沿江城市，穿过北京、沈阳，直抵蒙古边境，最后从上海到香港。在为期四个月的旅行中，毛姆在夜航船中、舢板上、田埂边、轿子里，"用铅笔在路边买的黄草纸上"匆匆描绘了中国大地优美的自然风光：熙攘涌动的朝天门码头、晨雾氤氲的古老城墙、竹林深处的稻香农家、静默巍峨的明代长城。他拜访了光耀学坛的哲学泰斗辜鸿铭、戏剧学者宋春舫、沉浸于个人精神世界的汉学家和那些游笔于青山绿水的仕子文人；他也亲见了身份尊贵的政界首脑、生如驮兽的劳苦大众、自命不凡的驻华官员和悲天悯人的天主教修女。1919 年的近代中国，与马戛尔尼日记中那艘"古老、疯狂、一流的战舰"已断然不可同日而语，民生凋敝的世相取代了康乾盛世的繁庶，军阀鏖战的时代实难觅"一连串有才能、勤勉的官员"。

　　游历诸国的英国作家身处苍烟落照的古老帝国，于这架中国屏风的灰暗底色之上，怀着莫名复杂的心情，举重若轻地添上了旭日之瑰、江海之碧、水田之影、庙宇之深。他震撼于中国画家笔下羽翼震颤的嘤嘤鸣雀，沉醉于山野乡间清淡雅致的牌坊浮雕，对最贫穷村庄里寻常可见的镂雕窗棂赞不绝口，他描写苦力的段落让人心痛不已，而当他遭遇某一刻的共鸣，或者被这东方的不适摆弄得心情沮丧时，也会情不自禁地想念肯特郡的绿地与莱茵河的原野。但毛姆绝不仅仅沉湎于直觉感受，这本短小精悍的文集也不能称为传统意义上的游记，更是一种建构于白描之上的思考，作家自己也说"用可以写小说的素材，连缀成一组中国之行的叙事"，交织其间的东西方文化交融、争鸣、障碍、冲突，足以引领读者开启深沉思考。

　　毛姆的写作话语十分犀利，直指人心。凄苦的幼年生活、早年的文哲训练和严苛的习医经历，让这位清醒又自卑的作家拥有刀锋般尖锐的目光，这不仅体现在一系列戏剧和小说创作中，也淋漓尽致地反映在这本中国纪行之中。称职的读者只要稍加留意，就能时刻捕捉作家在"戏谑严肃"、一叹一怨中所蕴含的深邃思想、通透理性、过人智慧和悲悯情怀。因此，这本文集绝不仅是一部案头暇物，严格意义上讲，毛姆写中国本身，是写一种东方语境下人性的选择，又或者说，作家特别擅长突出人性的矛盾。在那些青山秀水之外，毛姆描画了上到高官买办、下抵贩夫走卒的中国社会的各个阶层，也用极多的笔墨刻画了一大群驻华外交官、商贾和传教士。在这架表现 20 世纪初中国城乡景象的中国屏风上，在人情、制度、风俗的烘托下，各类人物跃然其上，活灵活现。屏风上纷扰四象、作家心明如镜。贪婪虚伪的内阁部长谈起古代艺术，摆出一派迷人的温情；驻华五十七载的医务官身上所自带的那股高贵大气的崇高风格，已然超越国籍鸿沟，令读者十分动容；功成名就的大班讥讽墓地里那些嗜酒而亡的年轻家伙，却不知自己最后竟也殊途同归；温文尔雅的传教士温格罗夫先生，其内心所憎恶的中国和中国人，恰是他挂在嘴边所热爱的；中国人迷恋于建造宏伟精巧的寺庙建筑，但无法回答这背后的宗教精神本源；东方人的制度貌似专制，但似乎"地位与财富所带来的人与人之间的尊卑关系纯粹是偶然的，不会成为人际交往的障碍"；苍劲的江中号子听起来充满了生命力，其实那实是人性最无力的啜泣。毛姆穿梭于现实的世俗和本我的个人之间，抛却先前僵硬的群体认知，以或沉重或轻松的语气，对人性大胆解剖，进而作出良心的选择，借用本雅明在《发达资本主义时代的抒情诗人》(1920)

中的一句话："他如此之深地卷入他们中间，却只为了在轻蔑的一瞥里把他们湮没在忘却中。"

　　毛姆对中国的情感带有相当个性化的色彩。他坚称"写作中，更为重要的并非丰富的素材，而是丰富的个性"。早在海德堡大学求学时代，毛姆就有留洋的中国同窗，他后来的好友、画家拉尔德·凯利向他讲述缅甸的风土人情，他自己在从旧金山前往列宁格勒的船只上远远眺望横滨城，尽管这座远东之城与真正的中华相去甚远。在1915年出版的《人性的枷锁》一书中，毛姆甚至仅凭道听途说就设置了"宋先生"这一细眉淡眼的华人形象，用彼时可谓偏狭的认知，对中国旧时代的知识分子极尽嘲讽。他坦诚最感兴趣、最渴望前往的还是中国，声称"总喜欢亲自去看一看我小说中事件发生的地方"，亲验幻与真的距离。由此可见，毛姆真正踏上中国的土地之前，他只是一个听闻中国、阅读中国、想象中国的"坐在凳子上的旅行家"，并且，这种"俘虏"了他头脑的先导式文化印象尚且停留在数个世纪之前，过滤了近代中国的现实语境，充溢着乐视"他者"的异域味道，夹杂着几分东方主义的傲慢，随携着《诗经》的韵律，踏循着田野考古的深深足印，投射着浪漫主义的微妙光束。因此，他特别沉迷于追寻昔日肥唐瘦宋的怀旧荣光，时时不忘在白瓦青瓷、丹青水墨之中寄托别样的古典情怀，执意跟随张骞的脚步，重游魂牵梦绕的古老文明。回国之后，毛姆在行文中还是不改初衷，自述"到中国去，就是怀着对艺术和古物感兴趣的旅行者的心情去的"，所以这本书必然不能划归到田野考察、历史求索那些宏大的叙事框架中去。这就是一本充满个性的读物，很难分辨毛姆笔下那些传奇般馨色的段落，到底是彼时彼刻的真实接近，还是一厢情愿的情感牵绊乃至主观罅隙。作家放荡不羁、恣意洒脱地对心驰神往的事物铺陈个性，很值得一读。

与同时代的大多数西方人不同，毛姆对东方哲学怀有强烈的认同感。他不止一次戏谑描述那些"身在曹营心在汉""黄山归来不看岳"的驻华人士：长居中国不屑于学习中文的大买办们，只跟助手们打交道，只读美国杂志，活成了小说中的"套中人"；小股东亨德森厚颜无耻地叫嚣"中国人害怕我们，我们是统治的民族"；基督复临派传教士对东方的风景毫无兴趣，教条地进行感化工作，嗤之以鼻地将中国的种种宗教归结为"对魔鬼的崇拜"。难怪毛姆忍不住发出尖锐批评："我认为他从来没有读过《论语》。他对中国的历史、艺术和文学一无所知。"列强枪炮下的中国大地，一派颓败模样，这在客观层面降低了异邦对中国文化的评价，但从历史发展的长流来看，数千年的思想之泉与伦理传统从未断流，正如于1920年到访上海和北京两地讲学的罗素在《中国问题》（1922）一书中所论："中国的不幸在于，中国文化缺失科学这一面。在艺术文学、礼仪风俗方面，中国至少可以同欧洲等量齐观。"两位先后来到中国，对东方哲学颇有研究的学人，尽管未曾在上海礼查饭店（今浦江饭店）的茶餐厅里谈古论今，但他们在对中国文明的态度上几乎是不谋而合的。纵然"科学显现出西方人的知识观念与中国知识分子有别"，罗素极锐利地看到滋蕴于东方文化的中国文人的可贵德行，多年后仍称赞"一个有教养的中国人是世界上最有教养的人"，晚年的毛姆评价中国说"这个国家可以给你一切"。

毛姆被中国文化深深吸引，读过不少古贤经典。但他特别谦逊，声称"倒是杂七杂八地读过一些这方面的东西"。他惊叹于汉学家拥有关于中国哲学与文学的广博知识，在与宋春舫的会面中，毛姆饶有兴趣地提起了庄子；而在大名鼎鼎的辜鸿铭面前，则诚意满满地当起了毕恭毕敬的后学，却一度被辜鸿铭反唇相讥，后者直言英国人不擅长哲学，那些大学里的精英为了保全自身地位，甚至背叛良心，早就把逻辑抛在了脑后。毛姆意识到，辜氏涉猎西方哲学的初衷只不过是要把它拿来当作一种反证研究，在中国人的认知中，儒学才是全部的智慧，这位顽固的长辫怪才甚至毫不留情地炮轰西方的机枪文明，声称西方不仅会自败于强力，还将在历史的长久语境下远远落后于中国智慧。毛姆数次无言以对，但也颇为大度，对这位"中国最后一位哲学家"心生敬意，讪讪一笑给出一条所谓"哲学关乎个性，而不是逻辑"的牵强结论。钱锺书在《容安馆札记》（2003）中称被《总结》

（1938）一书的第六十三、六十四章所触动，"恍然识其（毛姆）博览古今哲学家著作"；而透过《哲学家》一文，我们看到的是一个兼收并蓄的思辨者，执拗于西学理性，也叹服中国文化的精深。毛姆在来到中国之前，对中国文化的理解仅停留在阅读翟里斯英译中文典籍的层面，而在他进入中国内陆之后，才有机会真正与中国的文人们谈经论道，他对中国文化的领悟被带有禅意的东方风景和山川风物激活了。毛姆念念不忘辜鸿铭的那段枪炮学说，回到英国后就把自己闷在书房里，将那段慷慨陈词直接放进了剧本《苏伊士之东》（1922）中人物李泰成的身上，之后，在《神曲·炼狱》的基础上，结合中国之行的经历创作了小说《面纱》（1925），故事的主要发生地在中国内地一个叫作"湄潭府"（疑似今贵州省湄潭县）的地方。大多数读者乃至电影编剧都特别关注这部作品中的情感与救赎主题，却不大关注毛姆在这本书中所倾注的浓烈的东方迷恋与道家情感。他在《面纱》中反复提到的那些牌坊、星河、乡村，无一不是中国之行的衍生，充满中国哲理的文字是作家本人非常深刻的灵魂感召："那些为圣人或贞节的寡妇建造的拱门似乎具有某种特殊的意义"，"'道'是一条世间万物都行走于上的永恒的路"，而所有主人翁所经受的磨难"将是一条通往安宁的路"。《面纱》是对本部文集思想上的补续，填充了毛姆本人在中国思想尤其是道家哲学方面未说尽、未说透的话，精准地反映了毛姆对中国哲学辩证法的理解和对普世人生的伦理思考，是一种归于真正平淡的心灵诉求。

然而，作为异域文明的闯入者，毛姆在看待文化间的深层理解这个问题上始终保有清醒的头脑。无论徜徉在古老中华还是立足于近代中国，无论倚赖于宗教意识还是停留在世俗形态，无论安放于秩序之内还是游离于礼法之外，他始终洞悉到一个不容改变的事实：也许他自己的所见所闻所感，尽管主观上刻意想要剥离想象，但只是一个在其个人意识形态之上构建起来的世界，尽管"在一定程度上也能够真正地拥有"，归根结底而言，毕竟是属于他自己的悲欢。尽管他有一双灵敏的耳朵和探测心理真相的天赋，但他真的能毫无阻碍地进入中国人的精神世界吗？普通读者作为冷静的旁观者，估计也不难发现毛姆在轻松愉悦的叙述之下，有一种难以把握的困顿，这并不是说作家本人缺乏"通灵"的能力，但在面对不同文化背景的认知与交流时，中西文明间横亘着一道若隐若现的壁垒，说不清道不明，但却实实在在阻碍着作家进入真正的东方洞穴。难怪毛姆在《山城》一文中发出感慨："但这些人对你而言毕竟是陌生的，就像你对他们而言也是陌生的一样。你找不到破解他们神秘之处的线索。即使他们在许多地方与你有相通之处，也无济于事。这只不过更突出了他们与你的不同……"如此说来，毛姆笔下的中国，那些清气缭绕的白云青山，那些吉光片羽的东方古迹，不过是一架屏风上的天光云影罢了，也就难怪毛姆把这部文集命名为《中国屏风上》。唐诗里写屏风的佳句不胜枚举，倒是李义山的《屏风》，穿越时空，准确地捕捉到了毛姆写作本书的几分莫名，所谓："六曲连环接翠帷，高楼半夜酒醒时。掩灯遮雾密如此，雨落月明俱不知。"

　　一部好的作品的诞生当然存在一些机缘。本书的扉页上很清楚地写明这本书是"献给西里尔"的，《毛姆传》作者赛琳娜·黑斯廷斯意味深长地称之为"约定俗成的做法"。事实上，源于两人截然不同的性情，与西里尔的婚姻生活让毛姆倍感煎熬，也直接导致了终其一生悲观的婚姻观。他通过一次又一次的远行逃避现实生活，直面直觉情感。他的此次远东之行及之后的多次出游，陪伴其左右的是终身秘书兼密友杰拉德·哈克斯顿。中国之行前，毛姆经过在苏格兰疗养院中长久的治疗与休憩，终于摆脱了结核病的困扰，并以闪电般的速度在18个月里完成了《恺撒之妻》《家庭和美人》《周而复始》和《陌生人》四部戏剧的写作，剧场的成功为他赢得了蜚声的艺界名誉和丰厚的商业利润。1919年开启的中国之旅是他摆脱了家庭牢笼、与密友同乐、经济上无所顾忌、思想上没有羁绊的一次云游，也是他创作力最旺盛的时期。《中国屏风上》在情感意义上而言，是极自由的写作，也是最真实的流露。

　　当然，一部好的作品不会过时，且宿命式地应和着时代发出回响。尽管毛姆本人在书中锁定了这本书的目标读者——英国本土的想象者们，"我希望这些文字能够给读者提供我所看到的关于中国的一幅真实而生动的画面，并且，有助于他们自己展开对中国的想象"，但《中国屏风上》的读者群显然已经超越了各种主观划定的界限。一个世纪前的中国，带给今人的是另一种感受的历史回眸、情感寄托和哲思遐想。假如这本书的读者们在掩上书卷后，自觉读懂了一颗真心，那么这本书的阅读体验就是圆满的。人的生命实在有限，作家的才华倒是在相当长的一段时间内不易被真挚的读者忘记。这是写书人和读书人的双喜。

如若读者诸君读完本书重译中文版本后，掩卷认定毛姆这部《中国屏风上》确实是西方作家游走中国、描述中国的典范之作，是脍炙人口的佳篇，也认为这是一部难得的贴近原作风味、底蕴的汉译本，那便是对译者和编者最大的勉励和奖励了，是为序。

莫詹坤、钱林森

2022 年 4 月 8 日，凌晨一点半改定，

南京秦淮河西滨跬步斋陋室

献给

西里尔

毛姆中年肖像照，卡尔·范·韦克滕 (Carl Van Vechten) 摄于 1934 年

* 本书据伦敦威廉·海涅曼出版公司 1922 年版译

目　录

1.幕布升起

　　你走近一排通往城门口的茅草屋。它们由干泥垒成，倾颓不堪，以至于你会觉得一阵小风就能将其刮回原形，归于尘土大地。一支驼队，满载着货物，步态缓慢地从你身边走过。它们带着投机商的倨傲，迫不得已要穿越这一片贫厄世界。一小撮身着破旧蓝褂子的人，正聚在城门口，一个头戴高帽的年轻人骑着一匹蒙古小马疾驰而过，人群四散开来。一群孩子追赶着一只瘸腿狗，朝它扔泥块。两位大腹便便的老爷，身着提花丝织黑长袍，外罩缎子夹袄，正在路边侃侃而谈。两人各拿着一根小长棍，两只小鸟被细绳绑住了腿，栖息在上头。这两位老爷把自己的爱物带出来放风，轻言慢语地比较两个小东西的不俗之处。两只鸟儿时不时向空中扑棱着翅膀，限于细绳的羁绊，很快又回栖到棍子上。两位中国老爷，笑眯眯地看着它们，眼里充满了怜爱。粗野的男孩子们朝着外国人大喊大叫，声音尖锐，带着鄙夷。雉堞隐现的城墙，摇摇欲坠、残败衰老，如同古画中被十字军攻占的巴勒斯坦城堡。

　　穿过城门，映入眼帘的是一条两侧商铺林立的狭窄街道：其中很多都拥有精美的格栅造型，红色与金色，设计繁丽的雕刻，散发着一种没落的瑰丽，你可以想象，在那暗黑的深处，属于神奇东方的各种奇珍异宝正被出售。熙熙攘攘的人群拥至高低不平的窄街或深不见尾的小巷。背负重物的苦力们，用短促尖锐的喊声招呼着行人快快闪开。小贩们则用沙哑的嗓子沿街叫卖。

　　此时，一头毛色光洁的骡子，拉着北京轿车 ①，踏着平稳的步子而来。车棚是亮蓝色的，硕大的车轮上打着一圈锃亮的铆钉。赶车人晃荡着双腿，坐在一侧的车辕上。黄昏将近，在一瓦金黄、陡峭、奇异的庙宇屋檐之后，落日将天空染上一片血色的余晖。轿车悄无声息地经过你的身边，前面的百叶窗是合上的，你不禁遐想，那车厢中盘腿而坐的是何许人也。也许是一位鸿儒，满腹经纶，前往拜会老友，他们将交口称颂。一同探讨那一去不返、唐风宋韵的黄金时代；或许是一位身披华丽满绣丝缎外衣的歌姬，青丝上插着碧簪，被呼唤去一场晚宴上唱些小调儿，与附庸风雅的公子们暗通款曲。轿车消遁在渐浓的夜色中：它似乎承载了东方所有的神秘。

---

　　① 此处特指旧时供人乘坐的车，车厢外面套着帷子，用骡子、马等拉行。可参照美国社会经济学家和摄影家甘博与普林斯顿大学校友步济时合作撰写的《北京的社会调查》一书及其插图，详见 *Peking: A Social Survey,* Sydney Gamble, John Burgess, George H.Doran Company, New York, 1921。——译注

2. 女士的客厅

"我真觉得我能做点什么。"她说。

她兴致勃勃地四下张望，创造力之光在她眼中闪耀。

这里曾是一座古庙，不大，就在城里，她买了下来，改为栖身之所。三百年前，人们为一位备受推崇的高僧修筑了这座庙宇，他就在此处虔诚苦修，度过了生命中最后的岁月。信徒们缅怀他的德行，纷纷来此朝拜。然而随着时间的流逝，庙堧日渐瘫衰，剩下的两三个僧人也被迫离开了。风霜侵蚀，绿瓦生苔。褪了色的朱红底上描画的金龙也失去了昔日的光彩，但那藻井依旧夺目。可她不喜欢阴沉沉的屋顶，于是绷了一块布，还贴上了一层纸。考虑到通风和采光，她在一面墙上开出两个大窗户。她凑巧弄到了两幅同样尺寸的蓝色窗帘。蓝色是她的最爱：这更能衬托她那双湛蓝的眼睛。那些大红色的柱子总让她感到压抑，她就用一种挺好看的纸糊上了，那些纸看起来完全不是中式的。她也够走运，可以用这种纸把墙都贴上。这种纸是从本地一家铺子买来的，但也真的可能来自桑德森公司①。很耐看的粉色条纹墙纸，让这屋子顿生喜色。房子的后壁上有个佛龛，里面供着一尊入于禅定的佛像，前面摆着一张大漆香案，古往今来的善男信女们到此焚香祷告，祈愿今生福报，求脱凡世悲尘；而这个位置对她来说放一个美国壁炉再合适不过了。她只能在中国买地毯，但她成功地买到一条酷似阿克斯明斯特地毯②的地毯，你几乎看不出两者的分别。当然了，手工织造的地毯没有英国货那么平滑，但也算得上体面的替代品了。她设法从一位前往罗马赴任的公使手上买下一套特别精美的家具，并罩上了色彩明丽的上海产轧光印花棉布做成的套子。她颇有艺术品位，有幸收藏了相当数量的画作，加上婚礼的馈赠品和那些甚至是她自购的小物件，使得房间看起来赏心悦目。她想要一架帷屏，四处寻访不得，她就自我打趣说，在英国拥有这么一架中国屏风也会很得意吧。她有不少照片，放在镶着银边的相框里了，其中一张是石勒苏益格-荷尔斯泰因公主，还有一张是瑞典皇后，两张相片都签了名，她将它们放置在三角钢琴上，这样会让房子富有生气。在布置完这一切之后，她心满意足地环顾自己的成果。

———————

　　① 桑德森公司由亚瑟·桑德森于1860年创立，是世界闻名的墙纸制造商，英国墙纸业的领头军，其发展势头持续至今。桑德森档案馆是世界上最具历史意义的纺织品和壁纸重要收藏地之一。——译注

　　② 阿克斯明斯特地毯是一种以黄麻为底的羊毛织花绒面地毯，以英格兰西南部的一个小镇阿克斯明斯特命名，该镇至今仍在生产地毯。——译注

　　"当然了，这比起伦敦的居室来还差了点儿"，她说道，"但是跟英格兰某些还算不错的地方比起来，比如切尔滕纳姆，又或者说唐桥井，这屋子可真不赖呢。"

3. 蒙古首领

　　天晓得他来自哪处神秘的远方。他沿着蜿蜒曲折的山路
策马而下，蒙古高原的群山，荒凉颓败、砂石遍地、人迹罕
至，向四面八方延展而去，形成一道不可穿越的屏障。他飞
驰而过守卫入关通道的城楼，在一片古老的河床前止住脚步，
这里是通向中国的门户。晨光中明耀的丘陵环绕着河床，投
下尖尖的阴影。数世纪以来，难以计数的商旅将砾石遍地的
河床踏出一条崎岖不平的道路。空气冷峻而清新，天空蔚蓝。
此处，四季流转、晨晓落日之中，往来阡陌、川流不息。旅
队的骆驼背着砖茶，前往七百英里之外的库伦①，再接着去往
西伯利亚。敦厚的公牛拉着一队长长的大车，结实的矮脚马
则拖着三三两两的双轮小车。朝着相反的方向，去往中国的
方向，同样是大批骆驼商队，驮着皮毛，去往北京的市场，
后面也跟着冗长的大车队伍。现在，马队走过了，羊群也从
面前过去了。但他的眼神并不在眼前的景物上作片刻停驻。

────────────

　　①　曾译为"乌尔格"，在清末民初改称"库伦"，是今蒙古国首都乌兰巴托
的旧称。——译注

他似乎毫不在意途经通道的其余人等。他有六七个随从作伴，能感受到他们已是人困马乏，但仍不减彪悍之气。一行人策马，徐徐而行。他身着黑绸外套，黑绸裤脚则塞进了一双鞋尖高翘的马靴，头上戴着蒙古国高高的貂皮帽子。他笔直地坐立在马背上，傲气地比仆人们先行一步，当他扬鞭驰骋的时候，头颅高昂、眼神坚毅，你忍不住揣想，他是否在遥忆那过往的峥嵘岁月，他的祖先们正是沿着这条道路，挥戈南下，踏足富庶繁华的中原大地，大肆掠夺。

4. 漂泊的人

　　未曾谋面之前，我就一度耳闻有关他的奇闻逸事，我料想他必然相貌不凡。似乎对于我来说，拥有这番非凡经历的人，在外表上也必有不俗之处。但我发现，这是个相貌平平的人。他较常人略矮，有点瘦弱，晒得很黑，尽管还不到而立之年，但两鬓已泛灰白，眼睛是棕色的。他看起来与一般人没有什么两样，你得多见他好几次，才能在下回碰面时记起来他是谁。如果你恰巧曾在百货商店柜台后面或是经纪人办公室的凳子上遇到过他，你会觉得他就该在那儿。你对他不会太留心，就像你不会注意柜台或者凳子一样。他身上当真没有什么能吸引人，这让人感到困惑：他的脸庞，空洞茫然，让你联想起伪满皇宫空白的宫墙，外头是腌臜的街道，墙里怡红快绿、雕龙画凤，只有老天才知道这微妙复杂的生活。

　　他整个的职业生涯都不同寻常。他是一位兽医的儿子，曾在伦敦警察厅做过书记员，之后在前往布宜诺斯艾利斯的商船上做服务生。船靠岸后，他就溜了，一番周折之后，穿行了整个南美洲。他从智利的一个港口想办法乘船去了马克萨斯岛，跟岛上的土著人一起生活了六个月，他们总是对白人热情相待。他搭船去了塔希提，在一艘运送中国劳工去往社会群岛①的老爷船上当了二副，并前往厦门。

这是我们此番相见九年前的事了，自那以后，他就长居中国。一开始在英美烟草公司找了份差事，但没过几年，他就感到百无聊赖。他懂点中国话，后来受聘于一家推销专利药品的公司，业务遍布全国。三年时间，他的足迹遍及一个又一个省份，兜售药品，这样一来，终于攒下了八百大洋。于是又开始了自我放逐。

他由此开始了最非同凡响的探险。他从北京出发，穿越整个中国。他把自己装扮成一个贫苦的中国老百姓，带着铺盖卷儿、中国烟斗还有牙刷。他在中国小客栈投宿，与脚夫们同挤炕头，吃中国饭食。单单凭这一点就很了不起了。他很少乘火车，靠步行、马车或者坐船前往大部分地方。他穿越了整个陕西和山西；在狂风咆哮的蒙古高原行进，冒着生命危险前往土耳其；他和广袤沙漠中的游牧民朝夕相处数月，又跟着贩运砖茶的驼队穿越不毛戈壁。最终，四年之后，他花光了最后一个大子儿，再次回到北京。

他想找份工作。最容易来钱的办法似乎就是写作，其中

---

① 社会群岛（Society Islands），为纪念英国皇家学会而命名，太平洋东南部法属主要岛群，由塔希提、莫雷阿、华希内等 15 个火山岛组成。——译注

一家中国英文报纸的编辑提出他可以写写一系列的旅途见闻。我估摸他唯一而且最大的困难就是怎么在那些丰满的经历中截取片段。也许他是唯一一个懂那么多的英国人了吧。他见识了形形色色的事物：古里古怪的、教人难忘的、恐怖可怕的、让人发笑的，以及，意想不到的。他写了二十四篇文章。我倒也不是说它们不可读，它们确实显示出作者细致而同情的观察；但他总是草率无章地看待每件事，而那些不过是艺术创作的素材罢了。它们就像陆军或者海军军需处的物品清单，是富有想象力之人的丰沃矿藏，只是文学的基础，而非文学本身。他是耐心捡拾无限事实的田野自然主义者，但缺乏归纳的天赋：它们就只是事实，坐等远比他更有才情的人去提炼升华。他既不采集植物，也不获猎动物，他记录形形色色的人。他的收藏令他人望尘莫及，可他对藏品的理解却力有不逮。

　　我见他的时候，极力想弄明白他这般丰富的阅历是如何影响他的。但是，尽管他满腹逸闻，本人又热情洋溢，巴不得一股脑儿把他的所见所闻讲给你听，我还是发现不了他的哪一次经历真正深深打动过他。让他干出那些古怪举动的天性实则表明他本质上就是个怪人。文明教化的世界让他厌倦，他萌生了一改故辙的热情。生活中稀奇古怪的事能让他开心。他始终保有难以满足的好奇心。可我认为他的那些经历仅仅是身体层面的，从未转变为灵魂的体验。也许这就是为什么你发自内心地感觉他是个凡夫俗子。他平淡无奇的外表是贫乏灵魂的真实索引。空空的宫墙之后，仍是一片空荡荡。

　　这当然就解释了为什么手头拥有这么多可写之事，他却写得索然无味，因为，写作之中，个性丰满第一重要，其次才轮到材料丰富。

5. 内阁部长

他在一间面向砂石庭院的狭长屋子里接见了我。低矮的灌木丛中，玫瑰枯萎了，参天古树业已凋敝。他请我坐在一张方桌边的方凳上，自己则坐在了我的对面。仆人端上了花茶和美国香烟。他很清瘦，中等个头，一双手瘦削而优雅。透过金丝眼镜，他用一双深邃、忧郁、大大的眼睛审视着我。他看上去像是个学生，又或是个梦想家。笑起来很亲切。他身穿一件棕色的丝缎长袍，外罩一件黑色丝绸短褂，头戴一顶圆顶毡帽。

"这是不是很奇怪？"他笑眯眯地说，"就因为三百年前的满洲人是马背一族，我们汉人就要穿这样的长袍。"

"也不算稀奇，"我回应，"如果因为英国人打赢了滑铁卢，尊敬的阁下就要戴圆顶礼帽，那才叫怪事呢。"

"那你认为这就是我戴礼帽的原因？"

"我觉得这不难证明。"

我担心他那一套繁文缛节会引来一番刨根究底，于是我急匆匆用了几句编造的话敷衍过去。

　　他摘下帽子，发出一声幽微的叹息。我环顾整个房间。绿色的布鲁塞尔地毯，上面织有硕大的花团，墙边摆着一圈精心雕刻的紫檀木椅。墙上挂着的条轴是古代书法名家的墨宝，与之相映衬的则是镶着亮金边框的油画作品，在十九世纪九十年代都极有可能在英国皇家美术学院[①]展出过。这位部长在一张美式办公桌上伏案工作。

　　他忧心忡忡地与我谈起中国的现状。世界上最古老的文明，正在经受最无情的洗刷。那些留学欧美归来的学生们，将老祖宗的丰功伟业糟蹋殆尽，却找不到可替之物。他们不爱自己的国家，没有信仰，毫无敬畏之心。寺院因没有了香客和信徒而衰败，现如今，昔日的鼎盛香火只留存于缅怀之中。

　　但随之，他用那双修长瘦削贵族般的双手在空中划了一下，就岔开了话题。他询问我是否要欣赏他的艺术藏品。我们在房子里来回走动，他向我展示那些价值连城的瓷器、青铜器和唐代塑像。那匹出土于河南一个古墓的唐三彩骏马，拥有与希腊雕像一般的飘逸气韵和精致造型。他的书桌旁，另有一张大大的桌子，上面散放着一堆卷轴。他挑了一幅，手持轴头，让我展开。这是一幅年代久远的作品，云雾缭绕

　　① 英国皇家美术学院（Royal Academy of Arts，简称 RA），位于伦敦，由英国国王乔治三世创建于 1768 年，旨在开展绘画、雕塑与建筑等领域的艺术公共展览，推动艺术教育，培养大众的审美。——译注

之中，山峦隐约可见，他一脸笑意地看着心生赞叹的我。他把这幅画放置一边，又为我展示了一幅又一幅。彼时我提出来不能让他这样的要人在我身上浪费太多时间，他却乐此不疲。他就这样拿出了一幅又一幅画来。他是个行家。乐于告知我它们所属的流派和创作时期，以及有关画家本人的风雅旧闻。

"我希望你能品鉴我最珍贵的藏品，"他指着挂在墙上的卷轴说道，"它们代表着中国书法的至高水准。"

"比起绘画作品来，你更钟爱书法，对吗？"我问。

"毫无疑问。它们的美在于更为朴实无华。没有丝毫的庸耳俗目。但我实则非常理解，要让一个欧洲人理解如此素朴、如此精妙的艺术，可谓勉为其难。我觉得，你们对中国器物的品位有些怪异。"

他拿出了一摞画册。我翻开了扉页。真是太美了！出于收藏家戏剧性的本能，他将最珍贵的一册留在了最后。这是一组小写意花鸟画，寥寥数笔，却栩栩如生，寄情山水，温柔动人，真是摄人心魄！梅蔓新萌花叶，盎然的春意扑面而来；雀儿撑开羽翅，生命的律动跃然纸上。这是一位大家之作。

"那些美国的后辈们能画出这样的画作吗？"他苦笑着说。

但是，对我而言，这其中最奇妙的莫过于我自始至终都知道他就是个无赖。腐败渎职、不知廉耻，为达目的不择手段。他是个搜刮的高手，通过下作的手段积累了大量财富。他图谋不轨、冷酷无情、心存怨念、贪赃枉法。中国沦落至让他也嗟叹不已的病入膏肓的境地，他本人亦难辞其咎。然而，当他捏着那只秘色小瓷瓶之时，手指略弯曲，柔情满溢，忧郁的眼神轻拂而过，双唇微启，分明发出一声充满欲望的欷歔。

6. 晚宴

（1）外交使团

中国－阿根廷银行的瑞士经理已被通禀莅临此地。他身边带着身材高大、容貌姣好的夫人，她如此大方地展示了无穷的魅力，以至于让人有点紧张。据说她曾是位风月女子，一位驻此良久的英国女士（身着橙红色绸缎，戴着珠串）冷冷地朝她挤出一丝微笑，这就算问了个好。危地马拉公使和黑山代办一起进来了。代办极为恼火，他事先并不知道这是一个正式的场合，以为只不过是小圈子里的一次随意小聚，因此就没有佩戴勋章。瞧瞧危地马拉公使那亮闪闪的勋章！老天，这如何是好？一时间，他简直觉得这都算一次外交事故了，但这种情绪被两位身穿丝绸长袍、头戴方帽的中国仆人转移了，他们端着鸡尾酒和冷盘穿梭着。接下来，一位俄国公主轻盈而至。她一头银发，黑色高领丝裙，看起来好似维克托里·萨尔杜①剧本中的女主角，豆蔻年华已逝，如今唯

---

① 维克托里·萨尔杜（Victorien Sardou, 1831—1908），法国戏剧家，写有各种体裁的剧本约 60 部，大都描写远离现实的传奇故事。——译注

有钩针纳线。你与她谈起托尔斯泰或契诃夫，她实感百无聊赖，谈起杰克·伦敦倒是兴致盎然。她向那位显然已不再年轻的英国女士问了一个问题，却没有得到回应。

"为什么，"她问，"你们英国人会写关于俄国的这么愚蠢的书？"

随后，英国使馆的一秘现身了。他一进门，就特别引人注目。他身材高挑，尽管已经秃顶了，但举止优雅，衣着也非常考究：他惊讶地看着公使身上炫目的勋章，但却不失礼貌。黑山代办自我感觉是外交团体中打扮最得体的，但他不确定一秘是不是也这么想，于是他凑上前去，询问一秘对这件饰边衬衫作何评价。那位英国绅士拿起一个镶金边的镜片认认真真地看了一会儿，大肆称赞了一回。人都到齐了，就剩法国武官的太太还没来。人们说她经常迟到。

"真受不了她。"瑞士经理俏丽的夫人说。

最后，法国武官太太悠悠然走了进来，全然不顾众人已经等了她半个钟头。她穿着惊人的高跟鞋，显得非常高挑，很瘦，尽管穿着一件晚礼服，可是给你的感觉是她什么都没穿。一头金色短发，浓妆艳抹。她看起来就像后印象主义作品中坚韧不拔的格丽塞尔达①。当她四处走动时，空气中都弥漫着异域风情。她让危地马拉公使亲吻了自己戴满珠宝、骨

① 中世纪一个以忍耐著称于世的女人，该典故取自薄伽丘的《十日谈》。——译注

瘦如柴的芊芊玉手，轻轻调侃了两句，银行家的妻子不免觉得自己真是过气了，既土气又肥胖；公使夫人跟那位英国女士开了个不恰当的玩笑，女士一想到公使夫人毕竟出身不俗，就不去计较了；武官太太一连喝下三杯鸡尾酒。

　　晚宴正式开始。谈话从声调高昂、抑扬顿挫的法语到有些结结巴巴的英语。他们谈到某位公使，刚刚从布加勒斯特或利马致信来，还有位参赞太太，抱怨克里斯钦尼亚①太过沉闷或者华盛顿太过于奢华。总而言之，对于他们来说，无论他们身处哪国首都，他们都觉得大同小异，因为不管是在君士坦丁堡、伯尔尼，还是斯德哥尔摩、北京，他们都做同样的工作。他们享受外交特权，坚信自己在这个社会中起着举足轻重的作用，他们活在一个哥白尼压根不存在的世界中，因为对他们而言，太阳与星辰都绕着我们这个星球运转，而他们就是宇宙的中心。无人知晓那位英国女士在场的原因，瑞士经理太太私下说她毫无疑问是个德国间谍。可她当真是个中国通。她会告诉你中国人的礼节真是完美无缺，你真该知道慈禧太后。你很确信，要是她身在君士坦丁堡，她会让你相信，土耳其人都是彬彬有礼的绅士，苏丹法蒂玛王妃是一位能讲一口流利法语的俏佳人。对于这样一个无家可归之人，只要她的国家在某国派遣外交官，她就同在祖国一样了。

---

　　① 挪威首都奥斯陆旧称。——译注

英国使馆的一秘认为这场晚宴真是鱼龙混杂。他讲起法语来比任何一个法国人更像法国人。他是个颇有品味的人,天生只信奉正确。他只结识对的人,只读对的书,只欣赏对的音乐,只留意对的画作,他在对的裁缝那里置办衣服,从唯一认可的男装店购买衬衫。可你听他讲话就会萎靡不振。此刻,你满心期待他能够对粗俗的事物表现出一点点兴趣:哪怕仅仅出于直率的本性,假如他宣称《灵魂的觉醒》是件艺术品或者《玫瑰经》是部杰作,你也会稍稍安心一点。但他的品位无可挑剔。他完美无缺,你多半也能知晓他自己深谙这一点,因为从他脸部表情来看,此番屈尊,于他而言真是勉为其难。而你发现他也曾写过自由体诗。这多少让你松了一口气。

(2)通商口岸

此番晚宴的奢华在英国本土的餐桌上也难得一见。红木餐桌上摆满了银制餐具。雪白的台布中央是一只黄色丝绸餐垫,这玩意儿如果你年轻的时候在集市上碰到肯定会忍不住掏钱包买下的。餐垫上是一只大果盘。高颈的银花瓶中插着大朵的菊花,这使得不太能看清楚坐在对面的客人。高高的烛台一对对排到桌边,烛火高昂着头。每一道菜都有合适不过的佐餐配酒,喝汤时有雪利酒,吃鱼时喝白葡萄酒①;头盘

---

① 此处指的是德国莱茵区的特产白干葡萄酒的统称。——译注

开胃菜有两种：白色的和棕色的，90 年代周到的女主人认为这对于一次体面聚会而言是不可或缺的。

也许比起丰富的菜肴，人们的对谈要乏味得多，多年来，主客几乎天天见面，百无聊赖，任何一个话题都会被抓住不放，直到聊得人仰马翻，之后就是长久的沉默。他们谈赛马，谈高尔夫，谈打猎。他们应该已经认识到彼此之间不宜触碰抽象的话题，也没有什么政治议题需要他们商讨。中国让他们烦透了，他们不想再提及；他们只需要了解与其业务相关的有关中国的部分，对那些学中国话的人，他们感到十分不解。除非他是位传教士或者使馆的中文秘书，否则学这个干吗呢？每个月花费 25 美元就可以雇一名翻译，再明显不过了，那些到这儿来学中文的人就是脑子有病。来这儿的都是大人物。怡和洋行的大老板、汇丰银行的经理、亚洲石油公司的总裁、英美烟草公司的老总、百力通公司的头儿，他们都携夫人前来。他们穿着晚礼服，浑身不自在，就好像穿上这些是为了履行对国家的义务，而不是为终于换下白日的工作套装而感到轻松自在。他们参加晚宴是因为他们在这个世界上无事可做，但等到毕恭毕敬起身告别的那一刻到来之时，他们终于长吁了一口气。他们互相之间都烦得要死。

7. 天坛

苍茫大地之上，它仰天而立，三层圆形汉白玉露台，一层高过一层，直抵分列东南西北方的四个大理石阶，象征着浑天四仪①。它被一座大花园所环绕，再外围则是森森高墙。如此这般，年复一年，每临冬至寒彻之夜，阳气回升之时，历朝皇帝都会来到这里，庄严祭拜列祖列宗。斋戒沐浴之后，皇帝在亲王、文武百官及大内侍卫的陪同下走向圜丘坛。王公大臣们各就其位、恭候良久，乐工与舞者表演雅乐。在硕大火把的光辉下，官员们的朝服映出幽微的光影。在刻有"皇天上帝"的牌位②前，皇帝上香、奠帛、祭酒。他俯下身躯、前额叩地、三跪九拜。

就在这奉天承运真命天子们的虔拜之地，魏拉德·B.昂特梅耶厚脸皮地题上了自己的名字，以及镇名和州名：黑斯

---

① 毛姆在这里描写的是天坛建筑群的主建筑之一，圜丘坛，即举行冬至祭天大典的场所。——译注

② 时至今日，在圜丘坛以北供奉祭祀神位的皇穹宇（初名泰神殿），依然可见这尊满汉双语的祭祀牌位。——译注

廷斯，内布拉斯加州。他依稀听过一些说法，试图将自己白驹过隙的人生附着在后世对神圣的缅怀之上。他以为这样一来，哪怕他日身先朝露，后来人依然能记住他。他决意用这样粗鄙的办法实现永生。但人的希望总是落空。他刚走下台阶，旁边那位一直斜倚着栏杆、悠然自在望着蓝天的中国管理员便走上前去，朝着魏拉德·B.昂特梅耶题字的地方气冲冲啐了一口，又用鞋底就着唾沫在那上面来回搓踏。魏拉德·B.昂特梅耶曾到此一游的痕迹即刻荡然无存了。

8. 上帝的仆人

　　两位传教士并肩坐着，互相聊着些极琐碎的事，虽然没什么共同点，却以一种想要显示给对方自己很有礼貌的方式交谈。鉴于他们至少都十分谦逊，如果被告知他们理所当然地在美德这一点上拥有了不起的共性，他们应该会表现得十分惊讶。尽管这种谦逊在英国人身上表现得更加做作，因此，跟法国人比起来，也就更显眼，更不自然。除此之外，他们之间的对比近乎滑稽。法国人肯定年逾八十了，个子很高，身板笔直，他的大骨架说明在青年时代，他就是一个力大无穷的人。现如今，他唯一显示力量的地方就落在那一双眼睛上了，出奇的大，以至于你忍不住去关注它们奇怪的表达，以及"光芒的闪烁"。那是一个经常用来形容眼睛的修饰语，但我从来没见过有谁比他的双目更适合这个词了。那双眼睛里真的是有一股似乎在放光的火焰。如此野性，几乎不带有理智。这是以色列先知的眼睛。他的鼻子大而耸直，他的下巴方而坚定。他从来都不是开得起玩笑的人，但他在年轻的时候必然英勇神武。也许他眼中的热情，是在诉说着灵魂最深处激烈的鏖战，他为之呐喊、奋战、流血，将尚未愈合的伤口全心全意奉献给全能者上帝，心中充满胜利的狂喜。现在，他感到这把老骨头的寒冷，裹着一件像士兵大氅一样的毛皮大衣，戴着一顶中式貂皮帽。他是个了不起的人物。他来到中国已经有半个世纪了，他三次从中国人对他传教活动的攻击中死里逃生。"我相信他们不会再次发动攻击了，"他微笑着说，"因为我已经太老了，没办法再完成这些匆匆旅程了。"他耸了耸肩："我将成为殉道者。"

他点了一支长雪茄，心满意足地呼出一口烟雾。

另一位年轻得多，不超五十岁，来中国还不到二十年。他是英国圣公传教会的成员。他身穿灰色西服，系一条斑纹领带。他尽量让自己看上去不像神职人员。他比普通人略高，但由于身材肥硕，因此看上去显得矮胖。他有一张看起来和善的圆脸，两颊红润，灰色的胡须很像板刷。他秃得厉害，但出于可以理解的让人动容的虚荣，他把一侧的头发特异留长，甩过头顶，这样一来，他就觉得可以好好遮盖他的秃顶了。他是个乐天派，当他和朋友们彼此打趣时，会发自内心地大笑，既真诚又真实。他拥有学童般的脾性。可以想象，当有人踩到橘皮滑了一跤时，他会笑得浑身颤抖，但当突然意识到滑倒之人有可能因此受伤时，就会立刻止住大笑，脸红起来，充满善心和同情。与他在一起不消十分钟，你就不可能不意识到他温柔的心。你会感到不可能让他做什么事他会不乐意，也许刚开始时，他的一片真心还不能抵达你的灵魂需求，但在实际交往中，你将很确信他拥有这种关心、同情和良知。他是那种钱包永远向穷人敞开的人，他的时间总是用在那些需要的人身上。但如若说在传教中他的帮助不太奏效是不公平的，因为，尽管他不像年老的法国人一样，以不容置疑的教会权威或是苦行僧的狂热语气向你布道，但他会用坦率的同情分享你的沮丧，他自己也带着踌躇对你抚慰一番，与其说他是位牧师，不如说是和你一样的血肉之躯，也自有他的犹豫不决与胆小怯懦。他寻求与你共享希望，给予你心灵慰藉时，自己的心灵也沐浴一新，也许和其他传教士一样，他用自己的方式奉献善心。

他的故事有些不同寻常。他曾经是一名士兵，很愿意谈论与阔恩俱乐部一起狩猎，以及在伦敦翩翩起舞的旧时光。对于过往的罪，他不以为然。

"我年轻的时候舞跳得很不错，"他说，"但是我估计现在跟不上那些新式舞蹈了。"

过去的时光终归是过去了，他一刻也没有为此后悔或憎怨过。他在印度的时候，感召到来了。他不十分清楚感召如何到来，以及为何到来，它就是来了，他一瞬间觉得需要放弃当下的生活，为异教徒带来基督的信仰，这是一种他无法抗拒的感觉，这使他无法平静。这个曾经快乐的年轻人现如今享受他的工作。

"这是一个缓慢的事业，"他说，"但是我看到了进步的信号，我爱中国人。世界上任何其他事情都不能改变我在这里的生活。"

两位传教士彼此告别。

"你何时回家？"英国人问。

"我？哦，一到两天吧。"

"那我们可能再不会见面了。我想要三月份回家。"

但是所谓的"家"，一个人所说的是他居住了五十年的街道狭仄的小镇，他离开法国的时候还很年轻，离家后就再也没有回去过；而另一个人所指的是在柴郡的伊丽莎白庄园，拥有平滑的草坪和繁茂的橡树，他的祖先已经在那里生活了三个世纪。

9. 旅店

　　天黑下来已经好一会儿了，一个手提灯笼的轿夫在你的轿子前面已经走了一个钟头了。灯笼透出一轮微暗的光圈，这一路上，你会看到时隐时现的竹林（就像纷繁流动的日常生活中隐约浮现的美好事物）、波光粼粼的稻田、枝影黯淡的榕树。时不时有挑担的晚归农夫侧身而过。轿夫们的步子明显慢了下来，但漫长的一天之后，他们依旧精力十足，开心地大声说笑，其中一个人还哼起了一段跑调的小曲儿。但是当路面开始起坡时，灯笼瞬间照亮了刷白的墙壁：你到达了城外路边的第一座破房子，两三分钟后，就到了陡峭的台阶。轿夫们一鼓作气。你穿过了城门。狭窄的街道熙熙攘攘，两旁的商铺热闹非凡。轿夫们吆喝着让路，人群被分成两股，你就从两侧拥挤人群好奇的目光中穿行而去。这些人神情木然，黑色的眼睛神秘地凝视着。轿夫们这一天的活计就要结束，不由晃荡起大步子来。突然，他们停住了，往右一拐，进入了一个院子，旅店到了。落轿了。

　　旅店由一个狭长的、半遮阳的院子和几个两侧敞着门的房间组成，三四盏油灯发出黯淡的光，周围的黑色显得更加浓郁而难以穿透。院子的前部摆满了桌子，人们团簇着，吃饭或喝茶。一些人玩着你看不懂的游戏。大炉灶上，大锅里的水永远在加热，米饭也已煮好，店里的伙计们麻利地盛上大碗米饭，递上满壶的热茶。再往后走，几个苦力正用热水擦洗着，他们结实有力、动作灵巧。你走到院子的尽头，正对着大门的是一间上房，房间用一道屏风阻隔了窥视的目光。

这是一间宽敞、无窗的房间。地面是坚实的夯土，房子很高，因为这是整个旅店的高度，没有吊顶。墙壁刷成了白色，房梁外露，这令你想起苏塞克斯的一间农舍。一张方桌、两把直背木制扶手椅、三四张铺着垫褥的木床，就是所有的家具了。挑一张你还能接受的干净一些的床，就可以躺下了。一盏油灯发出微弱的光。伙计给你送上灯笼，接着你就等待他们送上晚饭。轿夫们已卸下重担，此刻很快乐。他们烫烫脚，换上干净的便鞋，抽起了旱烟。

这时候手边有一本厚厚的书，这书可就珍贵了（为了轻装简行，你只带了三本书在身上），你字斟句酌地品味每一页上的每一个字，以便尽可能延缓读到最后的可怕时刻。所以你会对大部头的作者心怀感激，你翻看页数，估算大约多久能读完，你希望这才读了不到一半。你不追求书的内容通俗易懂，那样读起来会很快。需要读上两遍才能清楚其措辞含义的句子也不赖：成堆的隐喻给你带来奇幻的想象，丰富的典故让你心生欢喜，那是无价之宝。如果书中的思想浅显直白、毫不深刻（黎明时分起你已在路上，一天四十英里的路程，你已靠双脚走了一半），此刻，能有这样一本书真不赖了。

旅店的嘈杂声更大了，你向外张望，又到了一批坐轿子的中国人。他们在左右隔壁房间住下，透过薄薄的墙板，能听到他们大声说话，直到深夜。你整个身子躺在床上，睡眼惺忪、慵懒自如，疲惫之后享受此刻的欢愉，你颇有兴致地打量精美的门楣。院子里微弱的光透过窗棂上破旧的糊纸，背光的一面黑乎乎的，无法看清那上面复杂的图案。最终，一切都归于宁静，唯有隔壁屋子的男人在一声声痛苦地咳嗽，这是一种痨病式的反反复复的咳，听他在夜里这般不间断地咳，你就不由想想这个可怜人还能活多久。你很庆幸自己健硕有力。这时，一只公鸡打鸣了，仿佛就在你的枕边；不远处，一个号手吹起了喇叭，一声长音，随之而来的是幽怨的哀鸣；旅店又开始骚动了；灯笼亮了，轿夫们打点好行囊，准备又一天的旅程。

10. 小阁楼

　　这是一间杂货铺角落上靠近天花板的小阁楼，你就好像踏着船上的舷梯一般爬上去。阁楼用约莫四英尺高的板子与店面隔开，你坐在围绕桌子的木凳上就能俯视整个铺子的一切。成捆的绳索、油布、厚实的胶靴、防风灯、火腿、罐头、各种酒、衣服、带给妻儿的小物件，以及我搞不清的那些东西。一艘外国货轮所需要的一切都能在这个东方港口获得。你看这些中国人，都是买卖人和顾客，他们的表情愉悦并透着神秘，像在进行什么秘密交易。你能看到谁进店了，如果是朋友到了，自然得请他上楼来。从宽敞的店门向外张望，你能看到苦力们背着沉重的货物，从炙热的石板路上匆匆走过。大约正午时分，一帮老主顾在店里碰头了，两三名领港员，以及汤姆森船长和布朗船长，这两位已经在中国海上航行了三十年，现如今在陆上找了份安逸的差事，还有一位从上海来的不定期货轮的船长、一两家茶叶行的大班。伙计在一旁静候吩咐，随即拿来了酒水和骰筒。一开始就是闲聊几声：前几天有船在去往福州的途中沉了，麦克莱恩那小子，"安昌号"的轮机员，最近手气绝佳，领事夫人乘坐"皇后号"从国内出发了……与此同时，骰筒在桌上轮番传递着，输钱的人记上账，杯子里的酒见底了，骰筒又开启新一轮传道。伙计再次拿上了酒水。接下来，这些迟钝粗犷的男人们打开了话匣子，搬出了陈年旧事。其中一个领港员来到这个港口差不多快五十年了。啊，那些辉煌的日子！

"那时你真该来看看这小阁楼！"他笑着说。

那是茶船队的时代。三四十艘船靠在码头上等待装货。每个人都不愁没钱，小阁楼就是港口生活的中心。如果你想找个人，那么，你就到阁楼来，就算他那会儿不在，指定不久就会过来。代理人和船长在这里谈生意；大夫也不坐诊，每天中午就到阁楼来，如果有人病了，就去阁楼找他看诊。那时候的人很会喝，他们会从中午一直喝到天黑。如果饿了，伙计就会端点吃的上来，他们再继续喝上一整夜。阁楼上有输有赢，因为他们那会儿都是赌徒，会在一局牌上押上所有赢数。那真是难得的过往好时光啊。但如今，风光不再，茶船不再蜂拥而至，港口一片沉寂，而那些年轻人，亚洲石油公司或是怡和洋行的小伙子们，压根瞧不上这间小阁楼。就当这位年老的领港员追忆往事之时，在这间昏暗脏乱的阁楼上，仿佛那些粗壮、莽俗、勇于冒险的老船长们一时间又挤在了污渍斑斑的桌边，那好时光又回来了。

11．恐惧

　　旅途中我和他待了一夜。这是一座人口稠密的城市，教堂在城外的一座小山上。我一眼就觉察到他的品位与众不同。传教士居室的布置往往过于隆重。客厅像是没人用过，贴着华丽的墙纸，墙上挂着《圣经》经文和伤感的雕刻画——《灵魂的觉醒》^①和塞缪尔·卢克·费尔德斯^②的《医生》——或者，要是传教士在这个国家逗留的时间很长了，就会在墙上挂一些写着喜庆贺词的红纸条幅。地板上铺着布鲁塞尔地毯，如果住户是美国人，会置办几把摇椅；而如果是英国人，则会在壁炉两侧放上硬木扶手椅。有一张沙发显得不伦不类，没人会去坐，再说，那难看的样式，也很少有人想坐。窗户上挂着花边窗帘。那里还放着几张桌子，上面有几幅照片和几件现代瓷器。餐厅倒是看起来经常有人在，但整个餐厅几乎被一张大餐桌占满了，你入座的时候得小心一点，否则就要

---

　　①　英国画家詹姆斯·桑特（James Sant，1820—1916）的知名画作。——译注
　　②　塞缪尔·卢克·费尔德斯（Samuel Luke Fildes，1843—1927），英国著名皇家爵士画家和插画家。——译注

被挤进壁炉里去了。而在温格罗夫先生的书房里，书从地板一直堆到天花板，书桌上散放着各种文件，窗帘是浓绿色的，壁炉架上摆有一排藏传佛像。

"不知道是什么缘故，这地方给人一种大学校舍的感觉。"我说。

"你这么觉得吗？"他回应说，"我曾在奥里尔学院 ^① 当过一段时间的老师。"

我想，他是一个快五十岁的人了，个子高高的，虽不结实，但保养得很好，灰白的头发剪得短短的，面色红润。人们会以为他准是一个爱说笑的乐天派，一个健谈的好人；但他的眼睛使你感到困惑：阴沉沉的，没有笑意，是那种备受折磨的眼神。我想自己是不是正值他琐事傍身的时候叨扰到他了，然而，我还是觉得这不是他偶尔才有的神色，而是常有的状态，只是我无法理解罢了。他所表现出的焦虑，会让你以为是心脏病人的症状。他聊了一桩又一桩事，然后说道：

"我听到我夫人回来了。我们去客厅好吗？"

他把我领到客厅，将我介绍给一个瘦小的妇人，她戴着金丝眼镜，举止腼腆。她显然不属于她丈夫的阶层。大多数传教士拥有各种美德，却常常缺乏我们称之为良好教养的品

---

　　① 奥里尔学院（Oriel College）又名国王学院（King's College），是牛津大学的一个学院，创建于 1326 年。——译注

性。他们可能是圣徒，但往往并非绅士。现下，我突然意识到温格罗夫先生确是位绅士，因为明摆着他的这位夫人称不上是淑女。她的言语带着一股粗俗的腔调。客厅的陈设是我此前在传教士的寓所里从未见过的。地板上铺着一块中国地毯。发黄的墙上挂着中国古画。两三块明代瓷片泛着些许亮色。客厅中央摆着一张精心雕琢的黑檀木桌子，上面摆放着一尊白瓷人像。我也就随口恭维了几句。

"我自己倒不太在意这些中国的东西，"女主人爽快地回答说，"但温格罗夫先生愿意这么摆。照我的意思，我会把它们全都处理掉。"

我笑了，并非因为好笑，但随后看到温格罗夫先生的眼中掠过一丝冷冰冰的厌恶。我大吃一惊，但这眼神一闪就过去了。

"要是你不喜欢这些东西，我们不要就好了，亲爱的，"他温和地说，"可以把它们拿走。"

"噢，如果你看着高兴，我无所谓啊。"

我们开始聊起我的旅行，说话间我不经意问起温格罗夫先生离开英国多久了。

"十七年了。"他说。

我感到很诧异。

"但我知道每过七年你就可以休假一年。"

"是的，但我没打算过休假。"

"温格罗夫认为离开去休假一年不利于工作，"温格罗夫
夫人解释说，"当然了，他不走，我也懒得回去。"

我想知道他来中国的缘由。这次拜访中的一些具体细节
让我很感兴趣，人们总是喜欢谈论细节，但你要学会听出弦
外之音，而不是就事论事。但我感觉无论是开门见山还是循
循善诱，温格罗夫先生都不会轻易谈论他的个人经历。显然，
他认为谈工作才是正经事。

"这里还有其他外国人吗？"我问。

"没有。"

"那你一定很孤单。"我说。

"我觉得我很享受这样，"他看着墙上的一幅画回答道，
"他们只是生意人罢了，你知道的，"他笑了笑，"对传教士来
说，他们没什么用处。况且，他们也没有什么文才武略，所
以不跟他们打交道倒也清净自在。"

"当然我们实际上并不孤单，你知道的，"温格罗夫夫人
说，"我们有两个福音传道士，两个年轻的女教士，还有学校
的孩子们。"

茶端上来了，我们随意闲侃着。但温格罗夫先生似乎并
不想多聊，我越发感到他在压抑着内心的烦闷。他举止亲切，
显然是努力表示出友好的样子，所以我也有种强撑着聊天的
感觉。我把话题转向牛津，提到几个他可能认识的朋友，但
他没接我的话茬。

"我离家已经很久了，"他说，"我也没跟什么人联系。教会里有太多事要做，让人没有片刻闲暇。"

我觉得他有点虚张声势，于是我说："那倒是，从你的藏书来看，你肯定花了不少时间读书。"

"我很少读书。"他回答得很干脆，他的声音跟平时的不太一样。

我想不通是怎么回事。这个男人真的很古怪。最后，我想这也是难免的，他开始谈起中国人来。温格罗夫夫人说的有关中国人的话，我在不少传教士那儿听过无数遍了。他们不再笃信古老的神明，文人的特权被打破。温格罗夫先生详述了中国人的善良本性，他们对父母的孝敬和对孩子的疼爱。

"温格罗夫先生听不得一个讲中国人不好的字，"他妻子说，"他就是喜欢他们。"

"我认为他们品德高尚，"他说，"你走过他们那些熙熙攘攘的街道，你肯定会印象深刻。"

"我想温格罗夫先生是闻不到那股子怪气味的。"他妻子笑着说。

这时有人敲门，一个年轻女子走了进来。她穿着长裙，没有裹脚，是个本地的基督教徒，脸上流露出一种既畏缩又阴沉的神色。她跟温格罗夫夫人说了些什么。我碰巧瞥见温格罗夫先生的脸。当他看到她进门时，他的脸上浮出一种厌恶至极的表情，似乎是被一种恶臭恶心到了，那张脸都扭曲变形了，但这副表情瞬间就消失了，嘴角抽了两下，随之露出了舒展的微笑；但这一切太刻意了，结果是他只露出了一副苦相。我惊诧地看着他。温格罗夫夫人说了声"失陪了"，就起身匆匆离开了房间。

"那是我们其中的一个教师，"温格罗夫先生用他那一贯的让我多少感到有点困惑的语气说，"她真是个不可多得的人。我对她十分信任。她人品很好。"

虽然我不明白是出于什么原因，但在这一瞬间我悟到了真相。我看到，他内心所憎恶的，正是他挂在嘴边所热爱的。我兴奋不已，好似探险家在经历了一次危险的旅程之后，来到了一个意料之外的陌生国度。那双饱受煎熬的眼睛、那种不自然的语气、赞扬人时那样克制的拘谨，以及通缉犯般的神态。不管他说什么，其实他恨中国人，相比之下，他夫人的嫌弃之态简直不足为道。当他走过挤满人的街道时，他苦恼万分，传教士的生活使他反感，他的灵魂好像苦力们磨破皮的肩头，扁担令流血之处火辣辣地痛。他不愿回国，因为他不堪忍受再看到他那么在意的一切；他不读书，因为书籍会让他回想起他那么酷爱的生活；也许他娶那样一位俗气的妻子，就是想让自己跟那个他天性中渴求的世界作一个彻底的决裂。他满腔愤慨，决意殉道他那倍受煎熬的灵魂。

我努力想搞清楚这种感召因何而来。我想，多年以来，他在牛津一直过得轻松安逸。他热爱他的工作，有朋友和好书为伴，去法国和意大利度假。他是一个知足常乐的人，唯愿这样度过余生，别无其他奢念。不知道是怎样一种说不清道不明的感觉逐渐侵占了他，他觉得自己活得太闲适了，太容易满足了。我认为，他一直是一个虔诚的人，也许某种早年就灌输进他幼小的心灵，但后来却被久久地遗忘的信念——心怀妒念的上帝嫉恨他的造物在尘世间的欢愉——在他的灵魂深处泛起了涟漪。我想是因为他对自己的生活太满足了，于是他开始认为这是有罪的。他焦躁不安。无论他用理智思考什么，直觉都让他开始因恐惧无休止的惩罚而颤抖。我不知道他怎样产生了来中国的念头，但起初他必然极为排斥并心生厌恶。也许正是这种强烈的反感在他心中烙下了深深的印记，因为他觉得这种感受一直困扰着他。我想，他说过不会去中国，但他还是觉得应该去。上帝在追赶他，无论他藏身何处，上帝都让他无处可逃。于理智上他极力抵触，但他的心被逮住了。他无能为力，最终只能就范。

我知道以后不会再见到他了，也清楚得很，我们的交情尚浅，拉些家长里短未免不合时宜。趁着只有我俩在场，我抓住机会问了一个问题：

"请告诉我，"我说，"如果中国人不接受基督教，你相信上帝会判他们受到永远的惩戒吗？"

　　我知道自己的问题既粗俗无礼又没头没脑，因为这位老先生紧抿着嘴唇。然而，最终他还是做出了回答：

　　"福音的全部教导势必令世人得出这样的结论。但我们不能仅凭引自耶稣基督直白有力的只言片语，就断章取义地推演出相反的结论。"

12．画

　　我不知道他是一位赶赴省城就职的官员，还是一名求学的门生，也不知是何种缘故令他羁绊于中国无数糟糕的小旅馆中最不能忍受的这一家小旅馆。也许他的轿夫躲到某处去抽鸦片了（这一带的鸦片烟很便宜），这会子不见了人影。又或许是一场突如其来的暴雨使他在这里做了一个钟头不情不愿的囚徒。

　　房间太矮了，以至于抬手就能触到房梁。土墙上刷过的白石灰早已斑驳脱落、肮脏不堪，四周的木板床上铺着稻草，是为那些常年光顾的苦力们准备的。只有阳光才能令你暂时忍受这让人丧气的污秽。一道金色的光束透过格子窗户直射进来，在快踏平的土疙瘩地上投下一种复杂而灿烂的图案。

　　为了打发时间，他拿出砚台，点了些许清水，用墨锭轻轻研磨，随后拿起那支能写一笔好字的毛笔（他对自己精妙的书法颇为得意，常将孔夫子的格言警句书于卷轴，馈赠亲友），在墙上挥就一幅喜鹊登梅图。一气呵成，却又轻松自如。我不知是何种幸运赋予艺术家这般灵感：鸟儿振翅欲飞，梅瓣绽枝娇颤，轻柔的春风自画中而来，拂过这间陋室。仅此一瞬，你已感知永恒。

13. 英皇陛下的代表

　　他比常人略矮，留着一头硬挺的棕色头发和小刷子般的小胡子，透过玻璃镜片，那一双蓝眼睛直直地盯着你，都有点变形了。他目中无人的外表让你想起好斗的公麻雀。他一边请你做饭，问你有何贵干，一边又在整理桌上散乱的文件，似乎你打扰了他处理重要的公务，给你造成一种他在想方设法赶你走的感觉。他真是把官架子摆得足足的。你不过是普罗大众，不过是一个甩不掉的小喽啰，你存在的唯一证明就是不争辩、不拖延地按吩咐办事。可即便是当官的，也难免有软肋，一旦他碰上棘手事，完不成公务，便会向你大倒苦水。有些人，尤其是传教士，觉得他骄横跋扈、颐指气使。而他则使你确信，确实有不少传教士都不错，不过也有一部分相当无知无礼，他不待见他们的态度。他的辖区里大部分是加拿大人，他私下很不喜欢他们，不过你要说他摆出一副目中无人的样子（他把鼻子上的镜夹弄得更紧了一些），那可真是大大地冤枉他了。恰恰相反，他总是以自己的方式去帮助他们，认为这是天经地义的，而非他们所需要的方式。听他说话不笑是很难的，他说的每一句话都会让你觉得他让那些不幸的手下大为恼火。他的态度糟透了。他这种不受人待见的性格真是少有。总之，他就是个虚荣、暴躁、自负，让人讨厌的小矮人。

革命期间，敌对双方在城中交火不断，他为了处理侨民安全事务前去拜会两广总督。在前往衙门的路上，他遇到了三名即将被正法的犯人，他拦住行刑队的长官，在问明三名人犯均为战俘之后，他强烈谴责这种野蛮行径。那位长官，用我们这位领事的话说，粗鲁地告知他，他必须执行命令。领事火冒三丈，两人随即争执起来。总督得知情况之后，命人请领事去见他，领事断然拒绝，声称除非那三个吓破胆的犯人交由自己保护。长官挥手让他走开，命令士兵举枪瞄准。这时，领事——我能想象到他扶了扶镜框，怒发冲冠的模样——冲上前去，挡在一排步枪和三个可怜的犯人中间，要士兵们开枪，并狠狠诅咒他们。这引起一阵迟疑和骚动。很显然，行刑人不想朝英国领事开枪。我想他们进行了一番紧急磋商。三名犯人最后被交给了领事，这位小个子雄赳赳、气昂昂，大踏步回到了官邸。

"真该死，先生，"他气急败坏地说，"我差点以为那些讨厌的混蛋要毙了我！"

英国就是有这样稀奇古怪的人。如果他们的举止能像勇士一样可嘉，那么他们的自我评价才不算自卖自夸。

14. 鸦片烟馆

　　舞台上的布置无疑令人印象深刻。灯光昏暗，房间低矮，肮脏不堪。角落里的一盏灯影影绰绰，映得人影有些恐怖。香气扑鼻，整个戏院洋溢着异国情调。有个拖着长辫子的中国人走来走去，孤独而阴郁，几个瘾君子躺在破烂的床铺上，表情木然，时不时冒出些疯人疯语。有个极具戏剧性的场面：某个犯了烟瘾又付不起烟资的可怜虫，苦苦祈求恶毒的老板给他抽一口，以缓解他的痛苦。我在小说中也曾读过这样令人毛骨悚然的事。

　　一个油嘴滑舌的中亚混血将我带进了一个鸦片烟馆，他带着我走上逼仄、盘旋的楼梯，引领我感受那期待已久的胆战心惊。我被带进一间干净明亮的房间，整个房间被分成一个个的小隔间，垫高的地板上铺着干净的地垫，就成了一个简易铺位。其中一个铺位上有一位头发灰白、手指修长的老者，安静地读着报纸，长长的烟枪搁在身旁。另一个铺位上躺着两个苦力，他们中间摆着烟枪，二人轮流享受。他们都很年轻，精神饱满，向我报以微笑，其中一个还请我抽上一口。第三张铺位上，四个男人围坐在一起下棋。不远处有个男人在逗弄一个婴儿（琢磨不透的东方人总是对孩子特别有兴致），而婴儿的母亲，我猜就是店主的妻子——一位身材丰满、面容姣好的女子，正咧着嘴，看着他笑。这是个有乐子的地方，舒坦、惬意，跟家里一样。这让我或多或少回想起柏林的那些小啤酒馆，疲惫的工人们在日落时分走进酒馆，享受安逸的时光。

　　虚构比现实更离奇。

15. 最后的良机

　　她到中国是要来嫁人的，这真是可怜又可悲，更惨的是，通商口岸没有一个男人不知道这事。她身材高大、身形笨拙、大手大脚，还有个大鼻子，的确，她的五官都很大。但她的蓝眼睛着实漂亮。她应该也多少意识到这一点了。她是个三十岁的金发女郎。白天的时候，当她穿上合适的靴子、好看的短裙，戴顶宽边的帽子，还是挺好看的；而到了晚上，她套上一件想要衬托那双蓝眼睛的丝绸礼服，可那真不知是哪个土裁缝照着时装图样做出来的，她本想惹人注目，到头来反倒让人感到不太自在。她想讨好所有的单身汉。当有人谈到打猎时，她兴致盎然，而另一个人讲到茶叶运输时，她也听得津津有味。当他们说到下周要举办赛马比赛时，她就像少女一般兴高采烈地鼓起掌来。她跟一个年轻的美国人在一起时特别喜欢跳舞，还让他答应带着去看棒球赛。跳舞并非她唯一的喜好（再好的事做多了也会嫌腻），而她和那位大公司的买办——一个钻石王老五在一起的时候，她就只钟情于高尔夫了。她很乐意让一位在战争中失去一条腿的年轻人教他打台球，也把足够的心思放在那位跟他大谈特谈银圆的银行经理身上。她对中国人不怎么感兴趣，因为这个话题在她所属的圈子里不受待见，但身为女人，她也不由地为中国女人的遭遇愤恨不平。

"你要知道，对于将来要嫁给谁，她们一声都不敢吭，"她解释道，"媒人安排好了一切，直到新娘进门，新郎才能见到她。毫无浪漫而言，至于爱情……"

她说不下去了。她是一个很善良的人。无论嫁给哪个单身汉，年轻的，或是年老的，她都会是位好妻子。她本人也深信不疑。

16. 修女

　　白色的、静谧的修道院坐落在山顶的绿荫之中。我站在门外等待被引见的时候，发现这儿俯首可见阳光下波光粼粼的黄色溪流，以及远方的起伏山峦。修道院的院长接待了我，她是一位斯文可亲、面容和蔼的年轻女士，我从她的口音判断出她来自法国南部。她领着我去看那些被收留的孤女，她们手头正忙着一些嬷嬷们教的花边编织的活儿，羞涩地笑了笑。她又带我去参观医院，那里住着身患痢疾、伤寒和疟疾的士兵，看起来很邋遢。院长告诉我她是巴斯克[①]人，修道院窗外的群山总是令她想起比利牛斯山。她来中国已经二十年了。因为再也见不到海，她有时会很难受，而这里的大河距离大海还有千里之遥。因为我了解她所出生的国家，她就跟我谈起了那些翻越比利牛斯山的平坦的道路——啊，中国

---

　　① 巴斯克位于西班牙东北部，东北隔比利牛斯山脉与法国相邻，该地区历史悠久，牧民居多。二十世纪初，康有为游历巴斯克曾惊叹于此地美景，赋诗曰："亭亭旗盖出，森森金斧批。涧流泻绝底，浑灏黄河窄。浓姿若美人，容华倚天末。不知衡岱色，颇觉台庐索。"——译注

可没有那么好的路——还聊起了葡萄园和美丽的乡村，以及山脚下潺潺的清溪。不过，中国人都很和善。孤女们心灵手巧，也很勤快。中国人很愿意娶她们为妻，因为她们在修道院学会了一技之长，嫁人后也能靠做针线活贴补家用。至于那些士兵们，他们也不像人们说的那么坏，只不过是可怜的小人物罢了，他们也不想当兵，只想着早点回家到田间种地去。对于那些在病中护理他们的修女，他们也心存感激。有时他们坐在轿子上看到那些进镇买东西、身背大小包袱的修女，就会提出来把包袱都放到轿子上去。他们属实都没有坏心。

"他们没有把轿子让给修女们坐吗？"我问。

"在他们眼里，修女只不过是个女人而已，"她宽容地笑了笑，"你所要的不能超过他人所能给的。"

这话多么在理啊，可细想想，又是多么无情啊！

17．亨德森

你一看到他便会忍俊不禁，因为他那副模样立刻就向你交代了他是个什么样的人。当你见他在俱乐部读《伦敦信使报》或是靠在吧台，手边放着一杯杜松子酒或者比特酒（他不喝鸡尾酒），你会被这不同寻常的举止所吸引，但你立马认出原来是他啊，因为他就是他那个阶级的一个标标准准的模子。他所谓的不同寻常恰恰是一种矫揉造作的寻常。他身上的一切都合乎规范，从脚上结结实实的方头皮鞋到一头凌乱的长发。他身穿有些宽松、样式不新但做工考究的衣服，宽松的低领露出粗脖子。他总衔着一支石南根制的短烟斗。聊到抽烟的话题，他总是很会调侃。他是个大个头，体格健壮，眼睛好看，声音好听，总是滔滔不绝。他讲起话来不太文雅，这倒不是因为他思想不纯，而是缘于他亲近平民的喜好。你看他的样子就能想到（并非事实，而是从精神意义上而言），他同切斯特顿先生喝过啤酒，同西莱尔·贝洛克先生在苏塞克斯高地旅行。他在牛津大学踢足球，但跟威尔斯先生^①在一块儿时，又埋怨这座古老学府。他认为萧伯纳先生有些过时了，但依然对格兰维尔·巴克抱有希望。他和希德尼·韦伯夫妇深谈过好几次，还是"费边社"^②的一员。他对这同一个世界的轻浮不屑一顾，唯独钟情于芭蕾。他写了不少关于妓女、狗、灯柱、感化院、小酒馆、乡村牧师住宅的歪诗。他一方面对英国人、法国人、美国人嗤之以鼻，但另一方面（他并不是反人类者），他耳朵里听不得别人讲泰米尔人、孟加拉人、卡菲尔人、德国人或希腊人的坏话。在俱乐部，人们把他看作是一个狂野之徒。

"一个社会主义者，你懂的。"他们说。

但他却是一家知名洋行的小股东。中国人有一种令人费解的观点，一个人的地位就能替他的行为辩护。也许你因为对老婆动手而臭名在外，不过，假如你是一家大银行的经理，人们还是会对你客客气气，请你吃饭。因此，当亨德森宣称他的社会主义观点时，人们也就一笑了之。他刚来上海的时候不肯叫黄包车，这有悖于他的个人尊严感，认为一个跟自己没有分别的人，不应该拉着自己东奔西跑。所以，他选择走路。他信誓旦旦地说这是一项很好的锻炼，能保持健

---

① 赫伯特·乔治·威尔斯（Herbert George Wells, 1866年9月21日—1946年8月13日），英国著名科幻小说家，新闻记者、政治家、社会学家和历史学家。——译注

② 费边社，二十世纪初英国的一个工人社会主义派别，其传统重在务实的社会建设，倡导建立互助互爱的社会服务。——译注

康，而且，他也情愿花上二十美金解除走路带来的口干舌燥，再说了，他也喜欢啤酒。可上海的天气很热，有时他免不了要赶路，所以他时不时就得用一下这种有损尊严的交通工具。这让他浑身很不自在，但毫无疑问这又方便极了。现在他用得自如多了，但他还想着这两根车杠中间的伙计也是一个人，一个兄弟。

当我见到他时，他已经来上海三年了。我们一起在这座中国城市度过了一个上午，从这家店逛到那家店，拉黄包车的伙计满头大汗，时不时用破手巾擦擦额头上的汗珠。我们就快要到俱乐部了，亨德森想起来他想买伯特兰·罗素①的一本新书，这本书刚到上海了。他要车夫停下，往回拉。

"午饭过后我们再去买不行吗？"我说，"那些家伙已经挥汗如雨了呀。"

"他们乐得有钱赚。"他答道。

我哑口无言。

一辆汽车从我们中间开过，等他再靠过来的时候，就没再继续刚才的话题了。

"你们这些住在英格兰的人都不知道新书到了对我们意味着什么，"他评价道。"我读过伯特兰·罗素的所有书。你看

---

① 伯特兰·罗素（Bertrand Russell，1872—1970），英国哲学家、数学家、逻辑学家、历史学家、文学家，主要作品有《西方哲学史》《哲学问题》等。——译注

过这本最新的吗？"

"《自由之路》？我读过。离开英格兰之前我就读过了。"

"我读过几篇评论。我觉得他的一些主张值得玩味。"

我以为亨德森要开始大谈特谈了，但车夫却错过了本该转弯的路口。

"你倒是拐弯啊，你个大傻蛋。"亨德森大嚷起来，为了使他的话更有分量，他朝车夫的屁股上狠狠踹了一脚。

18. 拂晓

　　天还没亮，旅店的院子漆黑一片，灯笼朦朦胧胧的光线下，苦力们忙着打点上路的行李。他们嚷嚷着，嬉笑着，相互吵闹，争执不休。我由一个打着灯笼的小伙计领着，走到了街上。家家户户的门关着，里头的大公鸡都开始打鸣了。但很多小店的门板已被卸下，任劳任怨的人们又开启了长长的一天。这边的学徒正在拖地板，那头的男人在洗手脸，一小盏微弱的油灯就够他用了。经过一家早点铺，五六个人正在用早饭。城门紧闭，但看门人允我从边门通过，于是我就沿着城墙边走着，一条缓缓的小溪映出漫天星辰。我来到了主城的入口处，门半掩着，我走出去，神奇般地等待我的，是那拂晓之光。长日、长路、开阔的原野一览无余。

　　灯笼熄灭了。身后的黑暗淡作薄薄的紫霭，我心知，很快就会窜起玫瑰色的光晕。脚边的道路变得明晰起来，稻田里的水已映出影影绰绰的微漾波光。夜晚没多久了，但白昼尚未来临，这是最具魔力之美的时刻。群山峡谷、绿树清流，带着世外桃源的神秘。太阳一旦升起，世界就会黯然失色，光线如同画室中一般冷酷灰暗，投射在大地上缤纷婆娑的光影也不复存在了。在一片树林繁茂的小山上，我沿着崖边，俯瞰稻田，不过把它们称为"田"未免有些夸大其词了，充其量不过是顺缓坡而筑的一块块月牙形田垅，一道低于一道，便于引水灌溉。山谷里的松柏与青竹仿佛是一位老道的园丁模仿了大自然的浑然之美而用心栽植。在这个让人心醉神迷的时刻，你不再将这里视作劳作之地，你的目光所及之处，是一位古代帝王的御花园。君王身着团龙黄袍，腕戴磐玉手镯，抛却国家大事，与倾国的妃子追逐花间。多年之后，一个王朝的覆灭也就难免被世人诟病为毁于红颜。

天色渐亮，雾气从稻田里蒸腾到半山腰。你的面前呈现出上百幅山水画，这是中国古代名家们所热衷描绘的。那些丘陵之上，树木郁郁葱葱，直至山顶，一排松树沿着山脊，形成坚固的轮廓，径自与天相接——重峦叠嶂、云雾缭绕，天然成画，令构图臻于完美，但也容许丰富的想象。竹林从山上一直延伸到堤岸旁，纤薄的竹叶在微风的轻抚中抖抖簌簌，它们的形态如此高雅，像极了明王朝在路边休憩的名门贵妇。她们刚从寺庙进香回来，丝褂上绣满了花簇，青丝之中插着珍贵的碧玉簪子。她们有着一双小脚，又被称为三寸金莲。她们闲适地聊着，她们岂不知教养不就是用来闲谈琐事、附庸风雅的吗？不一会儿，她们就上轿离开了。前面的路蜿蜒曲折，我的上帝啊，竹子，这些中国竹子，随着美妙的氤氲之气一起幻化，看起来正像肯特郡田野上的蛇麻草 ①。
你还记得香气恬郁的蛇麻草田和一碧千里的肥美草场吗？你
还记得沿着海岸线的铁路、长长的银滩和萧瑟的英吉利海峡
吗？海鸥在肃杀的酷寒中盘旋，那悲鸣教人无法承受。

---

① 蛇麻草，也称忽布、酵母花、啤酒花，在欧洲是酿造啤酒不可缺少
的原料之一，能够使成品具有独特的苦味和香气，并有防腐和澄清麦芽汁的能
力。——译注

19. 荣誉攸关

　　没有什么比两国之间不体恤彼此的特性更妨碍它们之间的友好关系了。或许没有哪个国家像法国一样，因为邻国的误解而受伤颇深。他们被视作轻浮的民族，没有深邃的思想，言语浮夸、道德败坏、不可信任。就算一些美德得到了承认，比方说天资聪颖、天性欢快，这种认可也是以一种恩赐的方式（至少在英国人那里是这样）呈现的，因为它们不是盎格鲁-撒克逊人据此构筑宝库的美德。人们从来不曾意识到，在法国人的性格深处，有一种深沉的严肃，也没有人想到，每个法国人最关心的就是他的个人尊严。也就难怪拉罗什富科 ①，一位深谙普遍人性，尤其是其同胞心性的敏锐观察家，会把"荣誉"作为其思想体系的核心。我们的邻居小心谨慎地看待荣誉，而这却令英国人发笑，他们总是带着幽默看待自己；但是在法国人那儿，就像这个词所表明的，这是一种

---

　　① 弗朗索瓦·德·拉罗什富科（François de La Rochefoucauld，1613—1680），十七世纪法国古典作家，著有《道德箴言录》（1665）。受他影响的有哈代、尼采、斯丹达尔、圣伯夫和纪德等。——译注

生机勃勃的力量。除非你始终铭记他们对荣誉的敏感，否则你就理解不了法国人。

　　每次我看到德·斯特维尔德开着豪车或是坐在首席位置上，上面的想法便会油然而生。他代表着法国在中国的重要利益，据传他在法国外交部比部长本人的权力还大。自从部长也算合乎情理地抱怨一个同胞背着他与中国人交涉外交事务之后，这两人就不再亲近了。从德·斯特维尔德礼服垂饰上装饰的红色徽章，就足以看出他在国内所享有的尊荣。

　　子爵脑袋很大，有点秃顶，但也不太难看（如法国小说家所说的"微秃"，如此一来残酷的事实就去掉了一半的刺痛），伟大的惠灵顿公爵一般的鼻子，肿眼泡之下，一双眼睛又黑又亮，薄唇隐藏在漂亮的小胡子下面，他常用戴钻的白皙手指轻捻胡须尖儿。三层厚厚的下巴加强了那股贵气。他块头很大，身材肥胖，所以每次都要坐得离餐桌稍远一些，好像很不情愿吃东西，而且只是来那么一点。老天倒跟他开了个虽说无心但也不爽的玩笑——就他的躯体而言，他的腿太短了些，坐着的时候，他看起来是个大高个儿，可一站起身来，你就会吓一跳，原来他还不如一般人高。正因如此，当他坐在桌前或是坐在车里去城里兜风时，才能发挥最佳效果。这时候，他威风凛凛。他向你挥手或是脱帽的时候，你会觉得他能这么招呼别人真是亲切可掬。他拥有路易·菲利普王朝时期那些政治家的崇高威望，身穿黑色外套，留着长发，脸颊刮得泛青，犹如安格尔油画中的人物，用一种不可一世的庄严审视着你。

人们经常听说有些人讲起话来像一本书。德·斯特维尔德先生讲起话来则像一本杂志，这当然不是一本通俗类或消遣类的杂志，而是一本干货十足、内中观点颇具影响力的杂志。德·斯特维尔德的谈吐就像《两大陆评论》。听他说话虽说有点累，但也是一种享受。他滔滔不绝地讲着那些老生常谈的事情。他从不为一个词而卡壳。他把所有的事都交代得清清楚楚，用词精妙，还很有权威，从他嘴里讲出来都是字字珠玑。他不乏机智。当他说些损人的话时，他会转过身来跟你来一句"不在场的人总要背锅"，他很会赋予陈旧的格言以新的寓意。他是一名热忱的天主教徒，但他自说自话，讲自己从不反动，是个有名望、有财富、有原则的人。

这是个可怜人，但野心勃勃（名望，高贵灵魂最终的弱点），为了嫁妆，他娶了糖商的女儿，一个染了头发、涂脂抹粉、穿戴华贵的小妇人。对他而言，将自己尊贵的姓氏赐予她，却又不能给她强烈的个人自豪感，这是最令他苦楚的考验，毕竟，这种骄傲是他一切行为的强大动机。如同许多大人物一样，德·斯特维尔德也娶了一个极其不忠的妻子，但他用其特有的勇气与尊严承受了这一不幸。他的做法堪称完美，以至于这种屈尊反而让他在朋友们眼里身价倍增。他成了所有人同情的对象。他被戴了绿帽子，但他依然受到尊重。每当妻子有了新姘头，他就要求岳父母支给他一大笔钱，用以补偿自己在声誉上所受的损失。据说有二十五万法郎，但是以现银的市价，我敢肯定生意人会坚持以美元支付。德·斯特维尔德已经很会算计了，他妻子尚未达到受戒的年龄之时，估计他已然赚得盆满钵满了。

20. 负重的牲口

　　你刚看到一个挑着担子走在路上的苦力时，会感到眼前一亮，很有意思。他穿着一身破旧的衣服，从靛蓝到青绿，再到洗得发白的灰蓝，与周围的景色十分相配。当他费力地走在稻田间狭窄的田埂上，又或是爬上绿绿的山丘时，看起来显得那么自然。他全身的衣服就只是一件短褂和一条裤子，倘若说这套衣服开始穿的时候还是成套的、整洁的话，那么，在穿破之后需要缝补之时，他从未想过要用同色的布料。手边有什么就用什么。为了遮阳避雨，他戴了顶帽檐又宽又平的草帽，隆起的部分像个消火栓。

　　你看见一溜苦力走过来，一个接着一个，每个人肩上都挑着一根扁担，两头挂着两个大包，构成一幅宜人的图景。从水田的倒影中看他们急匆匆赶路的样子十分有趣。他们路过时，你可以看看他们的脸，要不是东方人讳莫如深的说法早已先入为主，你肯定会说他们都是老实巴交的人。他们行经路边的祠堂，在大榕树下放下担子，躺下来，高高兴兴地抽烟聊天，如果你也试过每天挑着这样的担子走上三十英里甚至更多，你会由衷地钦佩他们的耐力和精神。不过，如果你跟那些久居中国的外交官们提及你的这番钦佩，他们只会觉得你很荒唐，他们满不在乎地耸耸肩，告诉你，两千年来，这些苦力祖祖辈辈都是挑重担的，所以他们乐此不疲也不足为奇。事实上，你能看到他们从很小的时候就开始挑担了，因为你会遇到岁数很小的孩子，肩头支着两端挂菜筐的竿子，踉踉跄跄地走在路上。

　　日子一天天过去，天气转热了，这些苦力脱掉上衣，光着膀子走着。有时一个苦力要停下来歇会儿，他便把两头的重物放在地上，扁担还搁在肩头，这样一来他就得要稍弓着腰，此刻，你能感受到他那疲乏不堪的心脏在肋间搏动，就跟你在心脏科门诊听到病人的心跳一样。这一幕会让人产生莫名的痛楚。你再看他们的肩脊，经年累月的压迫，扁担留下咖红的疤痕，有时甚至有溃烂裂口的伤疤，很大，没有绷带包扎，也没有衣服遮盖，就这样硬生生地被扁担磨着。但最奇怪的是，就好像大自然有意要让人适应挑担这种残酷的苦活，他们的身体随之会出现畸形，肩上会隆起一块，就像驼峰一样，如此一来担子就可以杵在上面。然而，不管心跳得有多快，伤疤有多疼，不管狂风暴雨还是烈日高悬，他们永远都在路上，从黎明到黄昏，一年又一年，从孩童走到迟暮。你看到那些年老的苦力骨瘦如柴，干瘪的皮肤松弛地耷在骨头上，枯槁的脸上皱纹满满，头发稀疏而斑白，重压之下，跌跌撞撞走向可以最终安息长眠的坟墓。尽管如此，苦力们仍毫不止步，半跑半走着，快速侧身而行，他们的眼睛时刻紧盯地面上可以下脚的地方，脸绷得紧紧的，焦虑极了。当他们前赴后继时，你的眼前再也不是什么惬意的图景了。他们的辛劳让你深感压抑，你十分同情，却又无能为力。

"被生活损耗、折磨，匆匆走完一生，没有片刻闲暇——这不是很可怜吗？没完没了地干，还没等到享受果实的时候，生命就戛然而止，且不知归宿在哪里——这能不悲哀吗？"

中国的神秘主义者这样写道。

21. 麦克里斯特先生

　　我认识的他的时候，他已经六十开外了，但身材保持得很不错，精神矍铄、活力满满。结实魁梧的块头使他的肥胖有了一种威严。他的面孔几乎称得上英俊，鹰钩鼻子、灰白的眉毛和硬朗的下巴。他穿着一身黑色的衣服，低领衬衫，打着白色领结，好像老一代的牧师。他的声音洪亮高昂，笑起来很爽朗。

　　他的职业生涯有些不同寻常。三十年前，他作为一个传教士医生来到中国，而现在，尽管与教会还有着良好的关系，但他已不再是其中一员了。事情大概是这样的：人们想找一块合适的地皮建一所学校，医生就提到了那个地方，毕竟在人口稠密的闹市里找块地不太容易。但当教会几番讨价还价之后最终买下那块地，这才知道，这块地的主人并不是前来商讨的中国人，而是医生本人。原来，医生知道学校非建不可，又没有其他地方可选，于是，他就从一家中国银行贷款先买下了这块地皮。这桩交易本身谈不上欺诈，但或许有些不太地道——麦克里斯特医生本人觉得这不过是个善意的玩笑，可其他人不这么想。他们甚至出言不逊，因此，尽管跟有些人还保持着往来，始终关注他们的目标和利益，但是麦克里斯特先生还是辞了职。人们毕竟了解他是位很能干的医生，很快，他就积累了大量客户，既有外国人，也有中国人。他开了一家旅店，客人只要付不菲的价格，就能连吃带住。他的客人们有些微怨，因为这里不准饮酒，但要比中国人的客店舒适多了，并且，按照医生的常规做法，总能打点折。他是个头脑很活络的人。他在河对岸的山上买了一大块地，盖上了多层独栋房子，一栋一栋地卖给传教士作为避暑别墅。他还拥有一家大商店，售卖从明信片、古玩到伍斯特沙司、针织衫等各类外国人可能需要的物件。他赚了不少。他很有商业天赋。

他邀我参加宴会，那真是一次难忘的盛会。他住在商店楼上的大套间，临窗俯视，就是河流。参加这次宴会的，有麦克里斯特医生和他的第三任太太，一位四十五岁左右戴金丝眼镜、身着黑缎衣裳的女士、一位与医生同去内地待过数日的传教士，以及两位文静的年轻女子，她们刚刚加入教会，忙着学习中文。餐厅的墙上挂着好几幅来自中国友人与教徒的祝贺医生五十寿辰的图轴。菜肴很丰盛，一如常见的中国酒席，麦克里斯特医生赞不绝口。宴会开始前和结束后，他都用低沉而虔诚的声音作了长长的谢恩祷告。

当我们回到客厅时，麦克里斯特医生站在温暖的壁炉前，因为此时中国还很寒冷。他从壁炉架上拿起一个小镜框递给我看。

"你知道这是谁吗？"他问。

这是一个穿低领衬衣，打着白色领结的瘦削的年轻传教士，一双大眼睛带着忧郁，深沉而严肃。

"很帅的小伙子，对吧？"医生扯着嗓门说。

"非常帅。"我答道。

这个年轻人也许有点自命不凡，可是年轻人有些自负是情有可原的，况且这种自负已经完全被他那副动人的惆怅面容抵消了。这是一张好看、敏感，甚至称得上俊美的脸，那双忧闷的眼睛莫名得触人心扉。这里或有某种狂热，但更有一种排除万难的勇气，一种迷人的理想主义。这张脸所洋溢的青春、纯真，甚是温暖人心。

"相当迷人的脸。"我说着把照片还给了他。

麦克里斯特医生抿着嘴笑起来。

"这就是我第一次来中国时的样子。"他说。

这是他本人的照片。

"没人能认出来。"麦克里斯特太太笑起来。

"这就是那会儿的我。"他说。

他撩起黑色外套的后摆，紧挨着壁炉坐下来。

"一想到我那会儿对中国的第一印象，我就常常发笑，"他说，"我是做好了背井离乡、吃尽苦头的准备。谁知道第一次吃了一惊是在汽轮上，晚餐上了十道菜，住的是头等舱。压根谈不上吃苦。于是我跟自己说等到了中国再吃苦吧。好吧，我在上海认识了不少朋友，我住在一个大房子里，有佣人伺候，吃着美味佳肴。上海，我就说，是东方的纸醉金迷之地，到了内地就不一样了。最终，我到了这里。我和教会的负责人住在一起，直到我自己的住所安置妥当。他住在一个非常美丽的大宅子里，家具是美式的，我从来没有睡过那么好的一张床。他非常热爱他的园子，种了各式蔬菜。我们就像在美国一样，吃生菜、水果，还有沙拉。他还养了一头牛，于是我们就有新鲜牛奶喝，有黄油吃。我想，我这辈子都没吃过这么多、这么好的东西。你什么都不用做，如果你想要一杯水，只要唤一下男仆，他就给你端来。我到的时候是初夏，他们全家都收拾行囊去山里度假了。那时候他们还没有独栋别墅，但他们会去寺庙消夏。我就在想，我也确实不必自讨苦吃吧。可我曾几何时是多么盼望戴上殉道者的桂冠啊。你知道我做什么了？"

麦克里斯特医生想起久远的往事，微微笑了。

"到这儿的第一个晚上，当我独自一人在房间时，我扑倒在床上，像个孩子似的大哭了一场。"

麦克里斯特接着说下去，但我没再注意听了。我只想知道他是怎样从那样的一个年轻人一步步变成我现在所认识的这个人的。这才是我很想写出来的故事。

22．路

　　这压根算不上一条大道，不过是用一英尺见方的石块铺成的人行道，才四英尺宽，刚好容得下两乘轿子小心翼翼地擦肩而过。大部分路面修整完好，但也有不少地方的小石块已经裂开了或是被稻田里漫出来的水冲走了，因此，通行很困难。道路曲曲折折，将这片土地上一千多年前就已出现的城镇阡陌连接起来。它在稻田间迂回，漠然目睹沧海桑田、世事变幻。你能够看出来，这条路筑在过去不知哪朝哪代的农民所修的小道之上，当时修路不是为了快捷，仅是为了可行。当你不走大路而选择抄小道时，你会看到路的起点就指向某个远离主干线的市镇。这小路那么窄，如果你正好走在两边都是田埂的路上，那么迎面而来的挑重担的苦力只能退到种着豆子、分隔稻地的田埂上，等你通过。这里的路一点石块都没有，你沿着一条已经被踩实的狭长烂泥地行走，而你的轿夫还得时刻注意着脚下。

　　耳边听着他们故意唬人的绿林打劫传言，眼见身旁有衣衫褴褛的兵丁左右护卫，这趟旅途倒没有什么冒险可言，却充满了小插曲。先说变化多样的黎明。诗人激情澎湃地歌颂黎明，但他们喜欢赖在床上酣睡，宁可笃信灵感源自天马行空的想象，而非睡意惺忪的双目。好似月明之夜你邂逅一位妙龄女郎，她的容貌虽胜过尘世白日里的美人，可诗人还是将她的魅力仅仅归为想象的力量。在世人看来，最华美的黎明也抵不过一场寻常的落日——因为你从不平常的视角，就能看到多样。每一个黎明都不尽相同，你可以想象，每一天，这个世界都在被重新缔造。

再说说路边司空见惯的场景。一个农民，站在水深及大腿的水田里，手握祖先们四千年来都在使用的原始铁犁。水牛溅起一路泥浆，愤恨的双眼似乎在询问这样终年不休的劳作何时终结。一位身着蓝罩衫、短蓝裤的老妇人从身边经过，她缠过足，拄着一根长竹竿用以支撑歪歪跄跄的身躯。两个大腹便便的中国人坐着轿子经过，用好奇又无神的眼光打量着你。你见到的每一个人都是一小段插曲，无论如何渺小，都足以唤起你的想象。此刻，你的眼神愉快地落在一个有着黄色象牙般光滑皮肤的年轻母亲身上，她的背篓里装着婴孩，步履轻盈。你的眼前还有满面皱纹、饱经风霜的老汉，以及虎背熊腰、满脸横肉的苦力。除此之外，还有一种持久的乐趣，那就是当你气喘吁吁爬上一座山，登高望远，就会看到广袤的原野。尽管每一天都是老样子，但你每次登顶，总会因为有所发现而心动不已。圆润的小小山丘像羊群一般簇拥着你，一座又一座，直到目光所不能及之处。许多山丘上，会有一棵独树，像是为了风景的缘故特意植于彼处，在蓝天的映衬之下勾勒出优美的图案。那一丛丛微微俯身、婀娜多姿的青竹，环绕着整齐划一的农舍，鳞次栉比的屋顶闲适得依偎在一起，掩身于这同一条青翠的山谷之中。竹子优雅地俯向大地，像是宁愿被奉承也不可被伤害的贵妇。它们弃绝孕育花朵，却有一种出身名门的恣意洒脱，自信良好的教养不会沾染尘世的放荡。然而，那些伫立的牌坊，无论是为了表彰守节的贞女还是中举的仕子，都提醒你正在靠近一个村庄或小镇。你经过一排脏乱不堪的小屋或是一条熙攘嘈杂的街道，就会在当地居民中引起片刻骚动。为了遮蔽夏日，街道用大张篾席搭在两侧的屋檐上，光线很昏暗，人流涌动，带有一种不自然的气息。你想必看到了阿拉伯旅行家所熟知的魔幻师之城，夜幕低垂之时，你的身体会发生可怖的变形，你会变成一头独眼驴，或者黄绿色鹦鹉，直到你找到解除魔法之策。敞开的铺子里，商贩们在售卖的好像不是寻常之物，小饭馆里给客人准备的食材也让人望而生畏。你眼中所见的中国村镇都千篇一律，对一个外来者而言，更没有什么差别。而你一旦观察到细微的差别，就会很高兴。你注意到每个城镇都有自己的主导产业，都有居民所需要的一切，但也不乏自己的特色。于是呢，你能在这里找到棉花，在那里找到很不错的绳索，在他处又能买到好看的丝织品。现在该是金橘硕果、缀满枝头的时节，但此地很少见，而甘蔗却随处可见。黑色丝绸帽让位于头巾，红油纸伞让位于蓝布伞。

　　然而，这些不过是寻常一天之中普普通通的插曲。生活总要有所期待，以避免单调：工作日之后，假期就会到来，可与朋友欢聚一堂。春天带来了欣喜，冬日则伴随着漫长的黑夜、放松的亲昵和苍茫暮色。要是爱情来了，那么所有其他一切事物不过是此种喜悦的布景，爱情将日常生活提升至极琐碎之事亦神秘莫测的境界。平日的生活被打破，你直面一位绝世美人，你的魂魄被毫无防备地掠走。在升腾的迷蒙雾气之中，你可能看见一座高踞于巨大城堡之上的庙宇之顶，一湾天然而成的绿水环绕着城堡，徐徐流淌。太阳升起之时，你似乎看到了梦幻般的中国宫殿，其耀眼璀璨远胜阿拉伯说书人魂牵梦萦的那些宫殿；或是，拂晓时分，经过一个渡口，你可能看见，在你的上方不远，霞光散射之处，有一尾舢板，一个艄公正在摆渡一群过客。你顷刻间如梦初醒：那是卡戎①，他的渡客们都是忧郁的亡魂。

---

　　① 卡戎（Charon）是希腊神话中的冥河渡神，负责把亡魂渡到冥河的另一边去。传说，只要生者付钱给冥河渡神卡戎，他就会将其摆渡过河，但他的船会因生者的重量而变得极不安全。——译注

23. 上帝的真理

　　伯奇是英美烟草公司的代理人。他常驻内地一个小城。每逢下雨，这里的街道就会积起一英寸深的淤泥，只有坐在马车里才不至于被溅得满身都是泥浆水。来来往往的车把路面轧得破碎不堪，到处都是窟窿，即使大车走得跟人一样慢，你也会被颠得上气不接下气。此处有两三条商业街，店里卖的是什么，他早就烂熟于心。一眼望不到头的深深巷子看起来就像是绵延不绝又异常单调的围墙，上头凿开了几个门洞，大门紧闭。这些中国人住的房子，对他这样的白人而言，和他周遭的生活一样无法理解。他思乡心切。他已经三个月没有跟白人讲过话了。

　　一天的工作结束了，无事可干，他只好外出散散步。他走出城门，踏着坑坑洼洼的泥地，沿着深深的车辙走到了郊外。山谷四周环绕着贫瘠的群山，似乎想把他也关在里面。他感到自己已经远远离开了文明世界。他深知自己不能屈服于这种笼罩着他的彻彻底底的孤独，然而，要让自己精神焕发绝非易事，他已然到了崩溃的边缘。就在此时，一个白人男子骑着一匹矮脚马朝他的方向奔来。后面跟着一辆缓缓行驶的马车，估计装载着他的私人物件。伯奇立刻猜出这是一位传教士，可能来自比他所在的小城镇更偏远的地方，这是要赶往某个通商口岸，他的心立刻欢欣蹦跶起来，终于有个人能说上话了。他加快步伐，颓废的情绪一扫而空，整个人都活跃起来了。他几乎是小跑着来到骑马人跟前。

"你好，"他说，"你是从什么地方冒出来的？"

骑马人停了下来，说了一个偏远的镇名。

"我正要去赶火车。"他补充道。

"你最好上我那儿住一晚，我已经三个月没见过白人了，我那儿有好几间房，英美烟草公司，你知道吗？"

"英美烟草公司。"对方的脸立马变色，原先带着友好和笑意的眼神也变得冷冰冰的。"我不想跟你扯上什么关系。"

对方踢了一脚矮脚马，继续往前走，但伯奇一把抓住了缰绳。他几乎不敢相信自己的耳朵。

"你这话什么意思？"

"我跟个烟草贩子没什么好讲的。快松手！"

"可我三个月没跟白人讲过话了。"

"那不关我的事，快松手。"

对方又踢了马一下，咬紧嘴唇，一脸严厉地盯着伯奇。伯奇一下子火冒三丈。他紧紧握着缰绳，跟着马一道走，开始骂起传教士来。他把能想到的、诅咒人的、下流的骂人话一股脑儿都抛了出来。传教士一言不发，只管策马前行。伯奇抱住他的腿，把他从马背上直往下拽，传教士差点摔了个跟头，惊恐之际，狼狈地抓住了马鬃，半摔半滑地掉在了地上。大车赶紧跟了上来在他们面前停下。车上坐着的两个中国人几分好奇地打量着两个白人。传教士勃然大怒。

"你袭击我。我要让你丢掉饭碗！"

"你见鬼去吧，"伯奇骂道，"我三个月来没见过一个白人，你连一句话都不肯跟我说。你还自称是基督徒？"

"你叫什么名字？"

"伯奇，这就是我的名字，你这该死的家伙！"

"我会向你的上司告发你的，你给我闪到一边去，我要继续赶路了。"

伯奇握紧了双拳。

"赶紧滚，否则我把你全身每根骨头都打断！"

传教士翻身上马，狠狠抽了马儿一鞭，渐渐跑远了，那辆大车也缓缓跟在后头。当只剩下伯奇一个人时，他的怒气全消了，忍不住发出一声啜泣——荒山野岭也硬不过人心。他转过身来，慢慢向自己那座城墙中的小城走去。

24. 浪漫

　　一整天来，我都乘船顺流而下。这就是张骞①逆流而上、一心溯源的那条河。他已航行多日，最终来到了一座城市，只见一名妙龄女子正在织布，旁边一名年轻的男子牵牛饮水。他问这是什么地方，女子将手中的梭子赠予他，并让他回去之后将此物交给占星家严君平②，他会揭晓答案。于是，张骞照做了，占星家马上认出这梭子是织女的，并说，张骞收到梭子的那一刻，他夜观星象之时正看到客星侵入织女、牛郎星座。如此一来，张骞明白了，他曾到过银河的深处。

　　然而，我并没有去过那么远的地方。这一整天，就像这

---

　　① 张骞（公元前164年—前114年），汉中郡城固（今陕西省汉中市城固县）人，中国西汉杰出的外交家、旅行家、探险家，丝绸之路的开拓者。——译注
　　② 严君平（公元前87年—前6至7年），蜀郡郫县人（另说临邛人），西汉时期伟大的道家学者，终身不仕，在蜀地成都以卜筮为生，每日赚取生活所需后就闭肆谢客，下帘而授《老子》，是彻底隔绝了世俗欲望的人。《蜀中广记》和《高士传》称他"知天文，认星象，善占卜，通玄学"。严氏见客星侵入织女、牛郎星座这段传说，基本取自晋代张华所著《博物志》，书中未曾提到张骞，但被后人附会为通西域的张骞。——译注

过去的七天一样，我的五个船夫，从早到晚都站着划桨，直到现在，我的耳朵里仍回响着桨板与支点木钉摩擦的单调的声音。有时，行到水浅处，木船刮过河床的石子，颠簸着发出刺耳的噪声。两三个船夫就会把裤腿卷到大腿根部，跳进水中，吆喝着将平底船拖过那片浅滩。我们时而还会遇到急流，这与长江的激流险滩比起来算不得什么，但仍然需要纤夫拖拽这逆流的船只。而当我们下行时，在一片呼叫声中，船冲过翻腾的浪头，去往波澜不惊的水域。

到了晚上，船夫们挤在一张临时搭成的窝棚里睡了。我坐在床上。竹篾片子挂搭在三根拱木上，这就成了我可怜的舱房。一周以来，这里就是我的起居室和卧室。它的一头用板子很粗糙地拼在一起，板子之间缝隙很大，漏进刺骨的寒风。另一头是船夫们，很健壮的小伙子们，他们白天划船，晚上就地躺下睡觉。舵手也在其中，他从早到晚站着，穿一件破烂的蓝棉袄，外面套一件褪了色的灰棉袄，缠着一条黑头巾，手中长长的木桨就是他的船舵。除了我的床之外，船上没有任何其他家具。一个看起来像大汤盆的浅盘子里面烧着木炭，用以祛除寒气，我把一只装着衣服的篓子拿来当作餐桌，拱形的舱蓬上钩着一盏防风灯，随着水面的起伏而微微摇晃着。舱房很低，我个头也不高（借用培根的话聊以自慰：高个子如同高房子，顶层总是空荡荡），但刚刚只够站直了腰。一个正在酣睡的家伙打起了呼噜，好像把另外两个人吵醒了，因为我依稀听到有人说话，但随之又没声儿了，鼾声也停了，一切又归于宁静。

我突然感到，这里，触动我的，几乎就是我一直在苦苦寻觅的浪漫。这种感觉不像别的，正好比艺术所激发出来的那种震撼的特别感觉；可我无论如何也不清楚究竟是什么在彼时带给我这般难得的情绪。

在我的生命历程中，我经常会处于这样的情景之中，此情可待成追忆，那些情景足够称得上浪漫；然而，只是当时已惘然，这仅是事后的回想。将这些与我对浪漫的理解相比较，我才明白它们的确与众不同。唯有借助想象，将自身视为所饰角色的观众，我才能把握住特定场景下浪漫的珍贵品质。可在别的情状之下，似乎只能凭借直觉去感悟这种美了。当我与一位因魅力和天赋而成为偶像的女演员共舞时，抑或当我走进一座大厦的大厅，那些出身名门或才华横溢的伦敦名流汇聚一堂，我也只是事后才醒悟，尽管那是某种奎达式①的，但或许也是一种浪漫。在战场上，即便我没有身处险境之时，依然能够饶有兴致地观看战事进展，我并非冷血的旁观者。我也曾在月圆之时彻夜航行，到达太平洋上的一个珊瑚岛，那里的奇幻让我沉醉良久，但也是过后我才产生与浪漫亲密接触的兴奋之感。还曾有一回，我一度听到了浪漫的

---

① 奎达（Quida, 1839—1908），原名 Marie Louise De La Ramme，英国爱德华时期浪漫主义小说家，她本人生活奢靡铺张，擅长描写上流社会。——译注

翅膀扇动的声音。那是在纽约一家旅馆的客房里，五六个人围坐一桌，计划复兴一个古老的王国，一个世纪以来，王国的苦难让诗人和爱国者们激动不已。不过，我感受最深的却是一种出乎意料的乐趣，因为体验过战争的危险，我不得不被卷入有悖性情之事。别人眼中毫无浪漫可言的事情，对我而言，却是能抓住我的动人之事。我记得这种初次体验是某个夜晚，我在布列塔尼海岸边的一家农舍玩牌。隔壁房间里躺着一个奄奄一息的老渔夫，这家的老妇人却说他要起床赶海去了。门外的暴风雨顷刻间倾泻如注，似乎来得正是时候，要为这大海的老勇士送最后一程；狂风肆虐地敲打着窗户，似乎也要陪他一道离去。惊涛呼啸着，拍向岸边嶙峋的怪石。我突然感到一阵狂喜，因为我知道，这就是浪漫。

而现在，这同样的狂喜将我俘获，再次出现的浪漫如同肉身般呈现在我面前。它来得如此出其不意，我被深深地迷住了。我分辨不出它是否蹑手蹑脚爬进了投影于竹篾之上的阴影之中，还是随风飘在了从我的小船舱就能瞥见的悠悠河面之上。我很想知道是什么原因，产生了眼前这份不可名状的欣喜，我跨出舱门，来到了船尾。与我们的船并排停着六七艘上行的帆船，桅杆都竖着，船上寂静无声，他们的船工都在睡梦之中。夜并不黑，虽多云，但天上一轮明月，不过朦胧月色之中的河流显得有些阴森可怕。稍远处河岸上的树木，在薄雾之中不甚分明。真是让人欲罢不能的风景，但这其中又没有什么新奇的，我想要找的东西不在那里。我随即转身离开。但是，当我回到篾席搭成的船舱时，之前曾赋予此处异常之美的魔力也消遁了。唉，我就是一个偏要把蝴蝶撕成碎片，找找她美在哪里的怪人。然而，从西奈山[①]上下来的摩西，因为同以色列的上帝畅所欲言而神采奕奕[②]，同样，我的小舱房、我的木炭盆、我的防风灯，甚至我的床铺，依旧浸染着我曾享有的那种震颤之感。我不能再这么无动于衷地看待他们了，因为，曾几何时，我着魔地看着它们。

[①]　埃及西奈半岛中南部的花岗岩山峰，以色列人出埃及后到达之地。该山峰长期被犹太教、基督教和伊斯兰教视为圣地，今为重要的朝圣地和旅游地。——译注

[②]　据《圣经·出埃及记》所载，摩西曾亲自和上帝（耶和华）交谈，在西奈山受他的十条诫命，领导希伯来民族从埃及迁徙到上帝的应许之地——巴勒斯坦（Palestine）（古称迦南地），解脱他们的奴隶生活。——译注

25. 崇高的风范

　　他已经很老了。作为随船医生，他接替一位迫于健康问题必须归国的军医来到南方的一个港口，迄今已有五十七年。他那会儿已经不止二十五岁，由此掐指一算，他现在肯定八十有余了。他个子很高，很瘦，浑身的皮肤耷拉在骨架上，就像穿了一件过大的外套，布袋一般的下巴赘肉像极了老火鸡的垂肌。但他的那双蓝眼睛，大而明亮，依旧焕发神采，他的嗓音浑厚且低沉。在这五十七年中，他在沿海一带几次三番开馆行医，现如今，他再次回到最初驻扎的港口，在距离那里不过几英里远的地方落下脚来。这里是河口的抛锚之地，那些因为吃水深度不够而不能进城的船只就在这里装卸货物。这里只有七户白人的住家，一个小诊所，以及为数不多的中国人，所以一个医生大可不必来此定居。但他又是副领事，到了这般年纪，享享清福的日子倒也适合他。这里有足够多的事情让他闲不下来，但也不至于累到。他依旧精神矍铄。

"我在考虑退休了，"他说，"是时候给年轻人一个机会了。"

他很高兴地筹划未来：这一生都想去参观西印度群岛，发誓现在就要出发。的确，这位先生不能再拖下去了。英国？哎，从各方面听到如今的英国已经没有绅士的位置咯。三十年前他在那里待过。此外，他不是英国人。他在爱尔兰出生。是的，他在都柏林的圣三一大学拿了学位。但一方面是缘于那些教士，另一方面则因为新芬党，他觉得儿时所熟知的那个爱尔兰没有什么好留恋的了。一个狩猎的好地方，他说，大大的蓝眼睛里闪着光。

他所具备的好风度是医生这个行当中不可多得的。医生行当里尽管不乏美德，但却常忽略礼遇所给予人的愉悦之感。我不知道是否因为接触的是病人，医生就此产生一种不恰当的优越感——传承于他们的老师，这些旧习的杰出实践者还秉持着这种被误当作职业资产的粗鲁的坏习惯——要么就是他早年曾在医院为穷人诊病，倾向于将这些病患看作低人一等的阶级。总而言之，有一点可以确信：没有哪个群体这么没礼貌。

他很不同于我们这一代人，而这种不同在于他的声音和姿势，在于他闲散的风度，又或者，在于他那种老牌礼仪的精致，很难辨清。我认为，与现在的人们相较而言，他更像是一位绝对的绅士，尽管现在说到绅士，人们往往不屑一顾。"绅士"这个词带上了怪气味，它所被赋予的品质成了逗趣的话梗儿。有些人被称作绅士，那真是毫无想象力，过去的三十年里，这些人制造了很大的轰动，他们绞尽脑汁、极尽讽刺地将他们自己也许都能意识到压根配不上的一个头衔弄得引人厌恶。或许，他的异人之处还缘于他所受的教育。他在青年时代曾被教授了许多无用的知识，比如希腊和罗马的经典，这些也是他今天拥有此番少有性情的原因之一。他年轻时所处的时代，人们不知周刊只晓月刊，那才是正经八百的事。读书更靠谱。也许那时候的人饮酿无度，可他们欢快地阅读贺拉斯 ①，真正读懂了沃尔特·司各特 ② 爵士的小说。他犹记得《纽克姆一家》刚出版时他就找来读了。我以为，那个时代的过客，尽管没有当下的人们那么耽于冒险，但起码在崇高的风范上更具历险秉性：今天的人们无非拿小报上的消息开开玩笑，编些死不足惜的鬼话，而那个年代里的人，口中念着拉丁文

---

① 昆图斯·贺拉斯·弗拉库斯（Quintus Horatius Flaccus，公元前 65 年—前 8 年），罗马帝国奥古斯都统治时期著名的诗人、批评家、翻译家，代表作有《诗艺》等，与维吉尔、奥维德并称为古罗马三大诗人。——译注

② 沃尔特·司各特（Walter Scott，1771—1832），生于在苏格兰首府爱丁堡的没落贵族家庭。英国诗人和小说家。较著名的代表作有《清教徒》（1816）、《罗伯·罗伊》（1817）、《罗沁中区的心脏》（1813）、《艾凡赫》（1819）等。——译注

语录杀身成仁。

　　而我如何能分辨这位老者不同凡响的微妙品性呢？读一页斯威夫特吧：词就是我们今天在用的那些词，句子是以极朴素的方式组织而成；然而，字里行间，存在着一种尊严、一种大气、一种韵味，这是我们现代人力所不能及的——简而言之，一种风格。他也是如此，一种风格，无须赘言。

26. 雨

　　是的，艳阳不会每天高照。有时一场寒雨打在你身上，一阵东北风让你感到冰冷彻骨。你的鞋子和衣服在前一天就已经湿漉漉的了，而在吃上早饭之前，还有三个小时的路要赶。你在凄苦的晨曦中艰难跋涉，到了地方也没什么好期待的，无非是一家肮脏不适的中国旅店。光秃秃的墙壁、潮乎乎的泥地，最多不过是在一小捧炭火盆旁把身子烤干。

　　这时你就会想到你在伦敦的舒适的房间了。狂风暴雨猛敲窗，反倒让你感到房间里越发温暖。你坐在火炉边抽着烟斗，将《泰晤士报》从头读到尾，不仅读社论，还读启示栏，那些卖房子的广告也不落下，尽管压根不会去买。（现有奇尔特恩山一幢乔治时代风格住宅出售，位于占地一百五十英亩公园内，带宽敞花园、果圃等，保留了初建时的木质结构和壁炉架，六间接待室、十四间卧室，另有日常办公室、现代卫生设施、楼上带房间的马厩，以及绝好的车库。距一流高尔夫球场仅三英里路程。）我知道，奈特先生、弗兰克先生和鲁特利所谈论的事物，就像最终成为所有优美诗歌灵感来

源的普通事物一样，从不会过时。他们的手法如顶级大师般
独特而多样。他们的风格，如同汉学家们所述的孔子的风格，
是一种闪闪发光的紧凑：简洁明了又意味深长，将令人仰慕
的精准与艺术形象的浑厚合而为一。他们对于诸如"路得"
和"杆"①这类词语的精通程度令人咋舌，我虽然也知道这些
词的意思，可是多年来它们对于我总是有一种神秘感，但他
们用起这些词来就很得心应手。他们能用鲁德亚德·吉卜林
的独创性来把玩一些技术术语，也能赋予这些术语来自叶芝②
的凯尔特式的魅力。他们将各自的个性结合得天衣无缝，我
敢断言，最挑剔的批评家也分辨不出痕迹。文学史中不乏两
个作家的通力合作，比如博蒙特和弗莱彻，艾克曼-夏特良、
贝赞特和赖斯，这些名字让人心生雀跃；然而，既然高端的
批评已经摧毁了在我年轻时代就被教导的《圣经》是由三人
合著的观点，那么，我大胆揣测，奈特、弗兰克和鲁特利这
样的情况是独一无二的。

　　那会儿，伊丽莎白被我从中国带给她的白松鼠蜇伤了，
她进来跟我说再见，这可怜的孩子，不管天气如何都要出门。
在有人给她准备童车的时候，我就跟她玩一会儿小火车。当

---

　　①　分别指主要在英国使用的面积单位和长度单位。——译注

　　②　即威廉·巴特勒·叶芝（William Butler Yeats，1865—1939），爱尔兰诗
人、剧作家和散文家，著名的神秘主义者，"爱尔兰文艺复兴运动"的领袖，代
表作有《钟楼》《盘旋的楼梯》《驶向拜占庭》等。——译注

然我也该做点正经事了，可是，天气实在太糟糕了，我觉得懒洋洋的，就拿了本翟理斯 [1] 论庄子的书读了起来。鉴于庄子是一位个人主义者，我们这位不苟言笑的儒家学者对他很不感冒，并把中国的可悲的衰败归结于那个时代的个人主义。但他的书读来很不错，尤其适合下雨天，不需要费很大的劲，也能在不经意之间被触动，进入一番无拘无束的遐想。但当下的想法还是会蹑手蹑脚潜入你的意识之中，就像涨潮时拍岸的潮汐一般，裹挟着你去抵御庄子提出的那些思想。你不想这么闲荡，于是在桌边坐了下来，半吊子的人才会装腔作势坐到书桌边来吧。你拿起笔来，行云流水。活着真是一种享受。接着，来了两个有意思的人与你共进午餐，他们走后，你顺便去了趟佳士得拍卖行。你在那儿见到了一些明代的塑像，但远远比不上你亲自从中国带回来的那些，然后你看看那些已经被拍卖，但就算白送也不想要的画作。你看看表，时间还够去嘉里克俱乐部玩会儿纸牌，天气这么坏，值得拿来消磨掉下午剩余的时光。你不能逗留太长时间，因为你还有一张首演场的门票，得赶回家换衣服，早点吃晚饭。能赶在伊丽莎白上床睡觉之前给她讲个小故事。她穿着睡衣，扎着两条小辫的样子真好看。首演总是很新奇的，只有那些扭

---

[1] 翟里斯（Herbert Allen Giles, 1845—1935），英国著名汉学家，被誉为英国汉学巨擘，其一生致力于传播中国语言、文学和文化，研究范围遍及中国文学、历史、宗教、哲学、绘画等诸多领域。——译注

捏作态的批评家才无动于衷。在这儿还能见到不少朋友，而当一位受人欢迎、台上功夫胜过台下名声的演员进场时被人认出，不得不加快步伐找到位置坐下，这时你能听到后排响起的阵阵掌声也颇有意思。也许今晚的演出并不让人满意，但是至少此前没有人看过，总能给你片刻感动或开颜一笑。

这时，一伙苦力向你走来，他们戴着大草帽，很像舞台上患了相思病的小丑们所戴的那种，只不过帽檐很宽。他们无精打采地走着，背负的装着棉花的大包袱将他们的背压得微微前倾。被雨打湿的单薄而破旧的蓝褂子，紧紧贴在了他们身上。路上的碎石很滑，你就在这泥泞的路上吃力而小心地走着。

27. 沙利文

　　他曾是一个爱尔兰水手。他在香港下了船，突发奇想要把中国游个遍。他用了三年时间在这个国家到处游历，很快就对中国人的习性了然于心。他们这种阶层的人在这方面驾轻就熟，胜过受过更高教育的人。靠着小聪明过活。他有意避开英国领事馆，每路过一个乡镇，就跑到地方官那里，谎称路上遇到打劫的，钱都被抢了。他的故事听起来煞有其事，一些细节还尤其逼真，人们相信他就像是科斯蒂冈船长那样的大人物。地方官按中国人的习惯接待之后急于摆脱他，也就乐于塞给他十几个大洋了事。哪怕他一个子儿都没拿到，也能有个地方大吃大睡。他那种粗俗的幽默迎合了中国人的喜好，因此总能成事，直到遇上一个完全不同的地方官。当他再次讲出自己的遭遇时，那位官员对他说：

　　"你不过是个叫花子，一个流浪汉！该打！"

　　这家伙随即被拖出去，按在地上，挨了几十大板。他不仅被打得皮开肉绽，还被吓了个半死，更是受到了莫大的耻辱。他的意志严重受挫，从此放弃了漂泊的生活，跑到一个偏僻的港口，向海关专员申请一个港口稽查员的职位。没几个白人愿意干这个，因此，并不需要什么条件，他就得到了这份工作。你看看现在的他，一个晒得黑黢黢、胡子刮得铁青的四五十岁的男人，面色红润、微微发福，穿着整洁的蓝色制服，在轮船和帆船上例行检查。在这个临河小城，只有海关执行专员、邮政局长、一个传教士，以及他本人是欧洲人。他对中国人及他们待人接物方式的熟谙使他成为一个不可多得的人才。他有一个瘦小的中国妻子和四个孩子。对过往的事情，他毫不掩饰，一杯上好的威士忌下肚，就会全盘托出他从前那些冒险的经历。但那顿痛打是他永远的梦魇，直到如今仍让他心惊胆战，而且，他没办法——没办法理解怎么会是这样。他并不怨恨下令的地方官，相反，他还表现出了幽默感。

"他是个难缠的老东西，一个老流氓，"他说，"没见过这样的人，对吧？"

28. 餐厅

　　这是一栋大房子里的一个大房间。当年建造的时候，造价低廉，那时候的富商们就乐于把房子建得气势恢宏。钱来得很容易，生活过得也就奢侈得很。发财是一件容易事，人还未到中年，就能够回到英国，在萨里郡的一幢好看的房子里乐悠悠地度过下半生。很显然，中国人"虎视眈眈"，总有可能掀起一点"骚乱"，令他远走高飞，但这不过是现有逍遥日子的一些调味剂罢了；真的要有什么危险来了，肯定就会有一艘炮艇及时出现，给予保护或避难。主要靠婚姻关系相互关联起来的侨民，很喜欢交际，彼此大方款待。他们举办隆重的舞会，一边跳舞，一边玩玩纸牌。工作没那么紧迫，他们时不时去内地打几天野鸭子。这里的夏天酷热难忍，但几年以后，一个人就懂得既来之则安之的道理了。而一年中剩下的时日很温暖，天蓝蓝的，空气中弥漫着芬芳，生活很美好。人确实享有自由的权利，如果他跟一位小巧玲珑、眼睛明亮的中国女孩生活在一起，只要不引起女士们的注意和干预，就不会招惹什么麻烦。他结了婚以后，就会赏点财物打发她离开。如果有了孩子，就送去上海的一所欧亚混血儿学校。

　　但这种好日子已经一去不复返了。港口一度靠出口茶叶进项，随着人们饮茶的口味从中国转向了锡兰，港口从此便一蹶不振了。三十年来，港口渐渐衰败下去。在此之前，领事手下有两位副领事协助他工作，如今，他自己就可以轻轻松松独当一面。通常到了午后，他会打一局高尔夫球，也总能得空玩玩桥牌。昔日的辉煌已无处觅踪，那些大商行大都人去楼空。即使有留下来的零星茶商们，也迫于生计，纷纷转行。但所有的努力都无济于事。港口的每个人似乎都老了。这里不适合年轻人。

　　在我现在入座的这个房间里，我似乎读到了过去的历史，以及我正在等候的这个人的历史。这是礼拜天的上午，我坐了两天海轮抵达这里时，他正在教堂里。我试图凭借这个房间勾勒出他的模样。这间屋子让人有些伤感，带着老一辈人的华丽，但却是一种凋谢的华丽，而它的整洁，不知为何，似乎在突出一种羞于见人的捉襟见肘。地板上铺着一大块土耳其地毯，倘若在七十年代，它必定价格不菲，但眼下它的绒毛都快被磨秃了。那张红木八仙桌，想想人们在那上头品尝过多少山珍海错、琼浆玉液啊，桌面被擦得光彩照人，让人联想起这个古老的、茶褐色的港口，那些春风得意、满面红光、蓄着连鬓胡须的绅士们谈论着招摇撞骗的狄斯累利。

墙是砖红色的，很适合举办大型宴会，会显得很庄重，这种厚实感适合挂上画像。这里挂的是主人父母的肖像，一位灰色大胡子、秃顶的年迈的绅士和一位梳着欧仁妮皇后发式，不苟言笑的老太太。墙上还挂着主人祖父母的肖像，他的祖父扎着领巾，祖母戴着头巾式样的女帽。衬背有一面镜子的红木餐具柜上摆满了镀银的托盘、一整套茶具等许多餐具。餐桌的正中央放置着一只很大的分层饰盘。黝黑大理石的壁炉架上放着一台黑色大理石座钟，两侧搭配着一对黑色大理石花瓶。房间四个角的柜子里，装满了各色镀金器皿。几只大花盆里栽种着枝叶僵直的棕榈。几张厚重的红木圈椅上铺着褪了色的红色皮垫，壁炉两侧各有一张扶手椅。尽管房间很大，但看起来很拥挤，加上每样东西都很破旧，给人一种忧伤的感觉。这里所有的东西仿佛都有自己不堪回首的过往，但向生活屈服了，环境的力量或许大大征服了它们，它们也不再怀有对抗命运的气力，只能彼此局促而热切地簇拥在一起，似乎隐隐感觉到，唯有如此才能保留存在的意义。而我认为，不消多久，这一切就将落幕。到时候，这些物件将会被贴上写有编号的标签，乱七八糟地撇在拍卖行冷暗的库房之中。

29. 阿拉伯藤蔓花饰^①

迷雾之中，屹立着巨大、雄伟、静默、可畏的中国长城。它带着与生俱来的冷漠本性，孤独地爬上一道道山脊，再滑向一条条山谷。长城是威严的，每隔一段就矗立着一座坚不可摧、呈四方形的烽火台，镇守着边关。长城是无情的，几百万人为此命丧黄泉，每一块巨大的灰砖上，都沾染着囚犯与流放者的血泪，它在蜿蜒曲折的群山间开出一条黑黢黢的通道。长城是无畏的，它展开无尽的征途，一里格一里格地绵延开去，直抵亚洲最遥远的边界。它遗世独立，与其所守卫的伟大帝国一样神秘莫测。

---

① 阿拉伯藤蔓花饰（Arabesque）是伊斯兰艺术的基本元素，从早期伊斯兰征服所接管的文化中根深蒂固的植物卷轴装饰传统发展而来，在建筑装饰中发挥着重要作用。毛姆在此处以这一艺术术语作为文章标题，比拟他所见到的中国长城图景。——译注

30. 领事

　　皮特先生此刻怒气冲冲。他在领事的位置上已经待了二十多年，同各种讨厌鬼打过交道：刚愎自用的官员、把英政府当作催账代理人的商人、对任何一桩秉公执法案件都颇有微词的传教士，但他从没遇到这样一件让他如此手足无措的事。他平素是个温文尔雅的人，如果不是事出有因，今天不会对着书记员大发脾气，并且差点解雇了这位欧亚混血的职员，因为这个职员拿着一封两处拼写有误的信让他签字。他尤其一丝不苟，四点的钟不响，他是不会离开办公室的，但时辰一到，他就从座位上弹起来，招呼人拿来他的帽子和文明杖，因为男仆动作迟缓了些，就挨了一通臭骂。人们说领事们都变得古里古怪的，而那些在中国待了三十五年还不会用中文问路的商人们说，那是因为领事们硬着头皮被逼着学汉语。如此说来，皮特先生变得古怪也在情理之中。他是一个单身汉，所以总是被派往那些不适合有家室之人任职的偏僻之地。他一个人太久了，怪脾气发展到了极致，甚至会令陌生人大吃一惊。他总是心不在焉，对居住环境毫不在意，房子里总是乱糟糟一片，对吃食也不讲究，仆人拿给他什么，他就吃什么，仆人们知道他不缺钱，就时不时敲他竹杠。他不遗余力地查禁鸦片，但这座城市中也许唯独他不知道雇员们把鸦片就私藏在领事馆中，交易地点就在领事馆大院的后门。他是一位狂热的收藏迷，政府给他提供的房子里放满了他一件一件收集来的物件：镴器、铜具、木雕，这些算得上正式藏品；邮票、鸟蛋、旅馆标签和邮戳。他夸海口说他收藏的邮戳无人可比。在长期孑然一身的生活中，他博览群书，尽管他算不上什么汉学家，但与大多数同事相比，他对中国的历史、文学、风土人情都有更深的涉猎。但即便大量阅读，他学到的不是宽容，而是虚荣。他的外表很特别，身材矮小瘦弱，走起路来就像一片风中凋叶，还有头上那顶古怪的小蒂罗尔帽，帽边上插着一根鸡毛，帽子很破旧，歪戴在那大脑壳上颇有几分滑稽。他秃得很厉害。镜片后面的淡蓝色眼睛无精打采，下垂、凌乱而邋遢的胡须遮不住发怒的嘴巴。此时，他走出领事馆，向城墙走去，在这样一座人口稠密的城市，只有在那儿才能舒舒服服地散散步。

　　他是个工作狂，每件小事都要努力做到极致，不过通常在城墙上走一走就能得到舒缓和休息。这座城市位于平原中央，日落时分，你站在城墙头常能看见远处白雪覆顶的雪山，那是西藏的雪山。他此时加快步伐，没有左顾右盼，那条肥嘟嘟的猎犬在他的身后欢蹦乱跳，没有照顾到主人的情绪。

他自顾自急促且低声嘟哝着。他火气这么大的原因是他当天接待了一位自称于太太的女士，而他本人作为领事，凡事总爱较真，坚持称呼她为兰伯特小姐。而这本身足以有碍他们之间的融洽交流。她是一个嫁了中国人的英国女子。两年前她跟随曾在伦敦大学深造的丈夫从英格兰来到这里，她的丈夫曾信誓旦旦地说自己在中国是个有头有脸的人物，于是她就幻想着住进豪华宅第，身份倍显尊贵。当她被带到此地，才发现入住的房子简陋不堪，甚至住满了人，连一张西式床都没有，也没有餐具刀叉：每样东西在她看来都很脏、很臭。更让她震惊的是，她必须跟公婆同住，丈夫告诉她，婆婆让你做什么，就不折不扣地按吩咐去做。因为她对中国人一无所知，直到住了两三天之后，才回过神来她不是丈夫唯一的妻子。他在离家留洋之前就娶妻了。当她恶狠狠地责骂他欺骗了自己时，他只不过耸了耸肩。他声称如果一个中国男人要纳妾，谁也拦不住，还不以为然地加了一句：没有哪个中国女人跟这种事过不去。发现了这一切之后，她第一次来拜访领事。他之前已经听说她要来——在中国，没有不透风的墙——所以他一点都不感到惊讶地接待了她。他也没表现出什么同情。一个外国女人嫁给中国男人，在他看来这本身就已经够丢丑的了，而且她完全没有征询他人的忠告就匆匆嫁人，这更让他火冒三丈，就像他自己受了奇耻大辱一般。光看她那副面孔，你不会想到她会干出这等蠢事。她结实、健壮、年轻，个头矮小、打扮朴素，是个实在人。她身着廉价的在裁缝那里做的衣裳，戴着宽顶无檐圆帽。她一口坏牙，皮肤黑黢黢的。她的双手很大，红通通的，没有好好保养。你尽可以认为她也不是做不来粗活儿。她说英语带着一股重重的伦敦东区口音[①]。

"你是怎么认识于先生的？"领事冷冷地问了一句。

"呃，你知道，是这样的，"她答道，"我爸有份不错的差事，他死后，母亲说这些房间空置着太浪费了，让我在窗户上贴份启事。"

领事打断了她。

"他在你家里寄宿？"

"嗯，准确地说那不叫寄宿。"她说。

"那我们就说是租了一套房？"领事说，脸上带着一丝自负的笑容。

对这样的婚姻，往往有那么一套常规的说辞。可是鉴于领事觉得她既愚蠢又粗俗，也就口无遮拦地全盘托出了，根据英国法律，她和那姓于的并不算成了婚，现在最好的办法就是立刻回到英格兰。她开始大哭起来，领事动了恻隐之心。他承诺漫漫旅途中，会拜托几位修女照顾她，事实上，如果她愿意，他甚至可以看看启程之前能否让她住在其中某个教

---

① 伦敦东区口音 (cockney accent) 源自伦敦东部，在工人阶级中比较流行。事实上，这种口音在当今整个伦敦和英格兰东部广泛存在。——译注

区。可他说这一番话的时候，兰伯特小姐擦掉了眼泪。

"回英格兰有什么好呢？"她终于说出了心里话，"我无处可去。"

"你可以回到你母亲那里。"

"她从头到尾都反对我跟于先生结婚。如果我现在回去，那她就会没完没了地唠叨。"

领事开始与她打口水仗。可他越是辩得厉害，她越坚决，最终他发火了。

"如果你愿意跟一个不是你丈夫的人待在一起，那是你自己的选择，我已经仁至义尽了。"

她的回嘴让他愤懑不已。

"那就不劳您费心了。"她说这话的表情，每当领事想到，都能活生生浮现在眼前。

那是两年前的事了。从那以后，他又见过她一两次。她看起来应该是跟婆婆以及她丈夫的另一位妻子交恶甚深，她会来找领事问一些依照中国法律她理应拥有的权利等一类荒唐的问题。他多次重申劝她离开，可她却铁了心不走，他们之间的谈话常以领事勃然大怒收场。他甚至都有些可怜那个卑鄙无耻的姓于的家伙了，他得在三个好斗的女人之间维持和平。根据他这位英国妻子的说法，他对她并不坏。他极力平等地对待两个妻子。兰伯特小姐的境况没有什么好转。领事知道她平时穿中式服装，但她来见他的时候就会换上欧式服装。她越发邋遢了。她的健康状况也每况愈下，看起来病恹恹的。但她被带到他办公室的那天，领事委实吃了一惊。她没戴帽子，头发乱糟糟的。她表现出极度歇斯底里的状态。

"她们想毒死我。"她尖声嚷道，在他面前放上了一只盛着腐臭吃食的碗。"这是下过毒的，"她说，"十天来我一直病卧不起，我能活下来简直是个奇迹！"

她给他讲了一个长长的故事，细节详尽、声情并茂，硬是要让他相信：那些中国女人轻而易举就能用这套惯用伎俩来除掉对她们恨之入骨的入侵者。

"她们知道你来这儿了吗？"

"她们当然知道，我跟她们说了，我要去告发她们。"

现在到了最需要作出决定的紧要关头。领事用他那官气十足的神态看着她。

"那么，你无论如何再也不能回去了。我也不想再跟你纠缠不清。你必须离开那个不是你丈夫的家伙。"

但他发现自己对这个女人疯狂的执迷不悟束手无策。他一遍又一遍陈述从前劝说的理由，可她就是不听，像以往一样，他又发起了脾气。在回答他最后的几乎让人绝望的问题时，她的回答让领事彻底失去了平静。

"你到底为什么要跟那个男人在一起？"

她犹疑了片刻，脸上闪过一种怪异的神情。

"他前额上头发长的那个样子，我没办法不喜欢，"她回答说。

领事从没听过这番惊世骇俗之言。这可真是最后一根稻草了。而现在，他在城墙上迈着大步，想以此来消消气，尽管他不是个满口秽语的人，但他实在控制不住自己，恶狠狠地骂了一句：

"女人就是该死！"

31. 小伙子

　　他沿着路，轻松而自信地大踏步向前走。他十七岁，又高又瘦，光滑的黄面孔上还没有长出胡子。他那双眼睛，略有些斜，但又大又亮。红润的嘴角挂着一丝微笑。举手投足之间是年轻人的欢快与大胆。他头戴一顶小瓜皮帽，身着黑色长衫，腰间系着带子，本该扎在脚踝处的长裤卷到了膝盖处。他赤脚穿了双草鞋，双脚看起来不大却很好看。从一大早，他就沿着这条铺着石子的小路前行，道路蜿蜒曲折，一会儿上到山坡，一会儿又下到谷底，经过无数稻田，途径坟茔累累的先人墓地，穿过熙熙攘攘的村庄时，或许会倾慕地瞥一眼坐在家门口穿着蓝衣衫的俊俏姑娘（但我想他应该更希望姑娘朝他多情地看一眼吧），现在他终于快要到达旅途的终点了——一座他决意要在此发家致富的城市。城市矗立于一片肥沃平原的中央，四周是筑有雉堞的城墙，他看到这些之后赶紧加快了步伐。他昂首阔步，为自己使不完的力气感到骄傲。而他所有的家当，不过是肩上那只蓝棉布包。

当狄克·惠廷顿^①出发去寻找财富，力图扬名立万之时，身边只有一只猫儿相随，而这位中国的小伙子则极其优雅地提捏着一只红色笼条的圆形鸟笼，那里面是一只漂亮的绿鹦鹉。

---

① 传说中的狄克·惠廷顿是一个贫苦的孤儿，阴差阳错之间将自己仅有的一只猫卖给了愁于应付鼠患之灾的摩尔国王而因此致富。据称最早在 1605 年，此故事就有记载。现在一种被普遍接受的观点是，惠廷顿时代，讲法语的人们说惠廷顿发家靠的是 "achat"，即 "买卖"，但法语中的 "猫" 是 "chat"，所以有人就误以为他发家靠的是 "a chat"，或者说 "a cat"。因此，惠廷顿靠猫发家致富的故事被认为是一种讹传。此外，历史上存在真实版的狄克·惠廷顿 (Dick Whittington, 1350—1423)，他是格洛斯特一名骑士的次子，生前经营有加，甚至借大量钱财予亨利四世和亨利五世，营办无数慈善事业，去世时把所有的 7000 英镑巨款遗产悉数捐给慈善机构。——译注

32. 范宁夫妇

　　他们住在一幢漂亮的四方形房子里，四周有游廊环绕。房子建筑在一个临江的山冈之上，山下靠右侧一些也有一幢漂亮的方形房子，那是海关。因为范宁是海关专员，他每天都会去那里。这里距城里有五英里，江岸上只有一个小村子，专为船员们提供他们所需的用品。城里有几个传教士，但很少见到他们，村子里的外国人除了范宁夫妇外，就只有两位海关稽查员。其中一个曾是能干的海员，另一个是意大利人，他们都娶了中国妻子。每逢圣诞和国王诞辰日，范宁夫妇就会邀请他们共进午餐，除此之外，他们只保持公务上的往来。汽轮只停留半个钟头，所以他们从未见过那些船长或轮机长，他们是船上仅有的白人。一年中有五个月水位太低，无法行船。奇怪的是，也就在那段时间，他们看见的外国人最多，因为时不时能碰到旅行者、商人或者领事馆工作人员，碰到最多的是传教士，他们乘平底船沿江而上，在此地过夜，这时，海关专员就到江畔邀请他一起用餐。他们实在过得太孤单了。

范宁先生秃得厉害，五短身材，很壮实，塌鼻子，留着一撮黑黑的八字胡。他行事严苛、行为粗暴、出口不逊，一副咄咄逼人的架势，每当他跟中国人讲话，就会提高嗓门，发出尖声尖气的喝令。尽管他的中国话讲得很溜，但每当他口中的一个"小伙计"做事不利时，他就用英语破口大骂。他会给你留下不佳的印象，但你终究还是会发现，他的那种暴戾仅仅是一件用以掩饰痛苦的羞怯感的盔甲而已。他的意志战胜了他的性情。他拼命让那些与他打交道的人相信，他不怕他们，他的粗鲁简直就太滑稽了。你会感到，如果真有人拿他当回事，那恐怕连他自己都要受宠若惊了。他就像孩童们吹气球吹出来的怪人一样，你会想到，他其实就怕被生生吹炸了，如此一来，每个人都看得出来，他不过空有一身臭皮囊。倒是他的妻子，每每都能让她丈夫觉得自己确实是个铁腕人物，每当他发完火之后，她就会对他说：

"你知道吧，你发起火来吓坏我了，"或者"我想我得跟那孩子说两句，他被数落得浑身打颤。"

这时，范宁先生就自鸣得意起来，同时宽容地笑笑。当有客人来时，她会说：

"中国人都怕我丈夫，但他们当然也尊敬他。他们知道跟他玩花样没有用。"

"好吧，我应该是知道该怎么对待他们的，"范宁皱着眉说，"我在这个国家已经二十多年了。"

　　范宁太太是一个长相一般的矮个女人，像一颗干瘪的山楂，鼻子很大，一口坏牙。她一向很邋遢，头发有些花白了，老是垂到前额来。在我们谈话的间隙，她时不时心不在焉地拿出一两个发卡，稍稍比画两下，也不照镜子，就这么胡乱地插在稀松的头发里头。她钟爱亮色，穿的新奇服装是她和裁缝阿妈照着时装报纸上的样子做出来的，但衣服穿在她身上总是哪里都看着不对，让她看起来更像是一个从沉船上得救的女人，穿成这么稀奇古怪的样子也是少有。她就像一幅搞笑漫画，你看着她就会忍不住发笑。她唯一迷人的地方是轻柔、极富乐感的声音，她说话时略拖一股长腔，我不知出自英国哪一片地区。范宁夫妇有两个儿子，一个九岁，另一个七岁，他们一道组成了这个孤独之家。这两个孩子很讨喜，天真烂漫又热情开朗，看着这一家人其乐融融真是心生愉悦。他们随便说个小笑话都能让人开怀大笑，彼此开起玩笑来就好像他们中没有一个人超过十岁。尽管他们长时间厮守，但看起来真像是谁也受不了另一个人不在身边。当范宁去上班时，孩子们简直就不肯放他走，而当他下班回来时，他们又兴高采烈地迎接他。他们不怕他胡乱发脾气。

　　现在你发现，这个和谐家庭的中心是那个矮小、古怪、难看的女人。这个家庭和睦的原因既不是出于偶然，也不是缘于和煦可亲的性格，而是发自她内心的爱。她从一早起床到晚上睡觉，一门心思扑在那三个需要她照料的男人身上。她活跃的大脑无时无刻不在谋划他们的幸福。我认为她忙乱的脑子不会有一时半会想到她自己。她是一个无私奉献的典范。真是世间少有。她没跟任何人说过重话。她非常热情好客，是她提出来让丈夫下山去江边请旅行者上来吃饭。但她邀请那些人不是为了自己。她乐于过这样清寂的日子，她只是想让她的丈夫享受与陌生人交谈的乐趣。

"我不想他被困在这里，"她说，"我可怜的丈夫，他在这儿没有台球可打，也不能玩桥牌。对一个男人来说，除了一个女人之外，没有旁人可以说话，真是太难了。"

每天晚上，当孩子们被安顿上床后，他们就玩纸牌。她打牌没有脑子，可怜的女人，总是出错，但当她的丈夫奚落她时，她就会说：

"你不能指望人人都像你一样聪明呀。"

因为她一语道出了"实情"，他也就没了脾气。海关专员厌倦了老是赢牌，他们就打开留声机，肩并肩坐着，静静地聆听伦敦音乐喜剧的最新歌曲。你或许对此不屑一顾。但是他们住在距离英格兰一万英里之外的地方，这是唯一维系他们与心爱故乡的纽带：这让他们觉得自己还没有完全与家乡割裂开来。现在他们谈论着孩子们长大以后，能为孩子们做些什么。很快就要到送他们回国上学的时候了，也许，一阵苦楚划过这个小妇人温柔的心。

　　"他们一走，伯蒂，你的日子会很难过，"她说，"但也许到那时我们已经搬到一个有俱乐部的地方了，那样的话，晚上你就能去玩桥牌了。"

33.江中号子

　　沿着整条江岸，你都能听到船夫们铿锵有力的号子。他们在湍急的水流中奋力划桨，船尾高高翘起，桅杆也被冲得倒向一侧。当江畔的纤夫们拼尽全力拉着船只逆流前行，你听到他们吼出的号子，那才更惊心动魄。如果是条乌篷船，兴许只需要六七个人，而要将一艘挂着直帆的大船拖过重重险滩，则需要几百号人。船正中站着一个人，一刻不停地击鼓，号召人们拼命使劲。纤夫们像着了魔一般，深深地屈着腰，有时候，气力用到极致，他们用四肢趴地，像田野里的牲畜。他们拉呀，拼命地拉呀，与无情的江流苦苦抗争。头领在队伍头尾之间走来走去，当他看到有人没有使出全力，就会用竹篾抽他赤裸着的脊背。每个人都必须倾尽全力，否则一切都会前功尽弃。尽管如此，他们的歌声依旧热情洋溢、豪情万丈，这是奔腾不止的江河之歌。我不知道该用什么样的语言来形容这种歌声想要表达的力量，它代表了紧绷的心弦、撕裂的肌肉，以及人类誓死征服无情自然的百折不挠的意志。尽管绳索会断开，大船会晃晃悠悠地倒退，但最终，人们还是渡过了险滩，这疲惫的一天最终会以一顿热腾腾的饭菜，或许还外加几袋让人酣然入睡的旱烟而结束。但是，最揪心的号子来自那些苦力们，他们将大包货物卸下船来，再一步一步沿着陡峭的石阶扛到城墙边。他们就这样一刻不停、上上下下地走着，他们精疲力竭之时，发出的节奏分明的号子也从未中断，"嘿，嗷……啊，嗬。"他们赤着脚，上身也是光着的，汗水从他们的脸庞上不断滑落。他们的号子是痛苦的呻吟，是绝望的叹息，是撕心的呼喊。这几乎不是人发出的声音。这是灵魂在无尽痛苦之中发出的有韵律的呐喊，最后一个音符是人性最沉重的悲泣。生活太难了，太残酷了，这是最后绝望的抗争。这就是江中号子。

34. 幻景

　　他个头很高，一双天蓝色的肿泡眼，一副困窘的作态。这副皮囊都快撑不下这个大块头了，如果他的皮肤略微松弛一点，会让人觉得舒服些。他一头光滑而蜷曲的头发，紧紧贴着头皮，你不禁怀疑那是不是假发，忍不住要一把拽下来。他不善言谈，绞尽脑汁也找不到聊天的话题，只会一个劲地劝你喝威士忌苏打酒。

　　他是英美烟草公司在此地的负责人，他驻扎的那栋建筑既是办公室、仓库，也是他的居所。客厅沿着四面墙整齐地摆放着一套家具，上面的护套很脏，中间放了张圆桌。挂着的一盏煤油灯发出幽暗的光线，另一盏则用于取暖。墙上凡是适合的地方都挂上了镶着镜框的石印油画，是从美国一些圣诞专刊杂志上裁剪下来的。但他很少待在这间屋子里，大多数时间都在卧室度过。他在美国的时候就一直住在寄宿家庭，卧室是他唯一的隐私空间，这让他养成了一个人闷在卧室里的习惯。坐在客厅里会让他感到不自在，他不喜欢脱下外套，并且认为衬衣只能在家里穿穿。他的书和私人文件都放在卧室，那里有一张桌子和一把摇椅。

他已经在中国生活了五年，但他一点都不会讲中国话，对于那些有可能折损他人生最佳时光的商业角逐丝毫不感兴趣。他做买卖要靠翻译，他的房子也交由一个仆人打理。他经常乘马车或骑马，长途跋涉好几百英里，去往荒无人烟、山地崎岖的蒙古国。他在路边的小客栈投宿，那里聚集着商贾、牲口贩子、牧民、大兵、恶棍和地痞。那块土地上的人总是蠢蠢欲动，一旦有什么骚动，他就会遇到不小的麻烦。但他去那儿仅仅是为了应付生意上的事，这让他烦透了。所以，每每回到他那间熟悉的烟草公司卧室，他都欣喜不已。因为他是个书虫。但他只读美国杂志，每次送来的杂志，都数量惊人。他从来不扔掉，屋子里堆得到处都是。他所居住的城市是蒙古国进入中国的门户。那里住着大量的中国人，大批的蒙古驼队每天络绎不绝地通过这个口岸，源源不断的牛车载着来自亚洲遥远之地的兽皮，轰响着走过熙熙攘攘的街道。他觉得厌倦了。他从来没有经历过近在咫尺的那种冒险人生。他只在书中读到过那些场景。只有投身于得克萨斯州或内华达州的蛮勇打斗故事，抑或南太平洋上九死一生的惊险传奇，才能令他血脉偾张。

35．陌生来客

　　在那样的酷暑天出城，实乃乐事一桩。传教士走下那条沿河漂荡而下的小船，坐上了在岸边等待良久的轿子。他被一路抬着走，经过了河畔的一座村庄，开始向山上进发。沿着宽宽的石阶路大约需要一个钟头的脚程，头顶松柏参天，你时不时瞥一眼阳光照耀之下波光粼粼的辽阔河面，两侧是成片成片的绿油油的稻田。轿夫们迈开步子前行，背上的汗滴闪闪发亮。这是一座香客们朝圣的深山，山顶有一座寺院，山路旁有一些可供休憩的小亭子，轿夫们放下轿子，休息几分钟，身着灰色僧衣的和尚递上一杯香茶。空气清新，透着一股甜意。这种懒散旅程所带来的闲适——轿椅的摇摆让人怡然自得——使得城里一天的日子几乎可以算得上很充实的了。最终，到达了那栋漂亮的小别墅，他将在这儿消夏，眼前是甜美芬芳的静夜。那天的信件和报纸已经到了。《星期六晚报》有四期，《文摘》也有四期。他向往的都是些让人愉悦的事，每当远离人声喧嚣、身处苍翠山林之时，那种常言道的平和（用他自己的话说，就是"出乎意料的平和"）就会充盈他的全身，这种平和早就该降临到他身上了。

　　但他正在烦恼。这天他碰上了一件让人不太高兴的事，尽管只是小事一桩，但他却没办法将其抛至脑后。正是出于这个缘故，他的脸上蒙上了一层愠怒。这是一张瘦削、敏感的面孔，近乎是苦行僧的脸，五官匀称，长着一双睿智的眼睛。他又高又瘦，长着蚂蚱般的细长腿，当他坐在轿厢里随着轿夫的脚步微微晃悠时，像一株枯萎的百合花，你会觉得有几分荒诞。这是个温和的人，连一只苍蝇都不会伤害。

　　他在城里的街上遇到了桑德斯医生。桑德斯医生是一个灰发的小矮子，脸色红润，塌鼻子，这莫名给了他一种厚颜无耻的神情。他有一张大大的、肥嘟嘟的嘴巴，当他难得开口大笑的时候，会露出满口发黄的坏牙。他笑起来的时候，蓝蓝的小眼睛诡异地扑闪着，看起来就是个奸诈小人。他身上有一股粗俗气。他动作迅猛，出其不意，走起路来健步如飞，似乎总是匆匆忙忙的。作为一个医生，他住在城中心，四周都是中国人。他没有注册，有好事之徒就去查他有没有正式的行医资格。事实上他曾被吊销行医执照，但究竟是犯了什么规，是刑事上的，还是仅仅职业方面的，无人知晓；也没有人知道他怎么就来了东方，最后在这座中国沿海城市定居下来。但有一点是确凿无疑的，那就是他是位很聪明的医生，中国人对他十分信任。他避开外国人，可是流言蜚语依然回避不了。每个认识他的人都用英语"你好吗"问候他，不过，没人邀请他到家里做客，也没人去他家中拜访。

那天下午，当他们遇上的时候，桑德斯医生大声招呼道："究竟是哪阵风在这个时候把你吹到城里来的呢？"

"我有些事必须要处理，不能再拖了，"传教士答道，"我还要取邮件。"

"前几天，有个陌生来客要见你。"医生说。

"见我？"传教士惊讶地叫了一声。

"噢，也不是专门来找你的，"医生解释说，"他想知道怎么去美国传教团，我告诉他了；但是我又说了，他在那儿找不到任何人的。那会儿他看上去有些吃惊，于是我告诉他，你们五月就都上山去了，直到九月才会回来。"

"一个外国人？"传教士问，还在纳闷这个陌生来客会是谁。

"噢，是的，当然是个外国人。"医生的眼睛眨了眨。"然后他就向我打听其他传教团。我告诉他伦敦传教团在这儿也有个分支，但是现在过去也没用，因为那里所有的传教士也都进山去了。毕竟城里热得受不了。'那我就想去一家传教士学校看看。'陌生人说道。'噢，它们都关掉了。'我说。'好吧，我去找传教士医院。''那倒可以一试，'我说，'美国医院配备最新的医疗设备。他们的手术室是最棒的。''那里负责的医生叫什么名字？''噢，他也进山了。''那病人怎么办？''五月到九月之间不会有人生病，'我说，'真有人病了，他们就只能麻烦本地的药师了。'"

桑德斯医生停顿了一下。传教士看起来一脸茫然。

"后来呢？"

"陌生人犹豫不决地看了我一会儿。'在我离开之前，我总要看看传教团。'他说。'你可以试试罗马天主教的传教团，'我说，'他们全年都在这里。''那他们什么时候休假呢？'他问。'他们不休假。'我说。他听后就走了。我想他去西班牙修道院了。"

传教士觉得自己掉进了陷阱，这使他很恼火，他在想自己是怎么稀里糊涂掉进坑里来的。他得看看接下来还会发生什么。

"那这个人到底是谁？"他佯装天真地问。

"我问过他的名字，"医生说，"'哦，我是基督。'他回答。"

传教士耸耸肩，命他的黄包车夫立刻起身走人。

这让他出离愤怒。太不公平了。诚然，他们五月至九月出城了。但这种酷暑天确实也干不了什么事，经验使然，传教士在山中避暑数月这一惯常做法，对他们的健康和体力大有裨益。一个病恹恹的传教士就是个累赘。这是一种非常切合实际的政治，事实证明，假如一年中的一部分时段拿来休养娱乐，那么，上帝的工作也会更高效地得以完成。并且，搬出罗马天主教来作比较也有失公允。他们不结婚，没有家庭顾虑。他们的死亡率很可怕。这就是为什么十年来那座城市来了十四个修女，现在只有三个还活着。对她们而言，生活极其轻松，一年到头待在城里，更便于她们开展工作。她们无牵无挂，也不需要为至亲至爱背负责任。哦，扯上罗马天主教真是不公。

但突然间，一个念头从他脑子里一闪而过。让他懊恼不已的是，他当时都没有回复一句那个无赖医生（你只需要看看他那张满脸褶子、不怀好意的脸就能知道他是个无赖）就离开了。当然就应该怼他一句，但他当时没想好，而眼下，他刹那间想到了一句绝妙的隽言。他立刻十分自得，甚至幻想当时已经把这句话抛出去了。这是一句能让对方哑口无言的反击，他洋洋得意地搓着那双纤细的手。"我亲爱的先生，"他本该这么说道，"我们的主在他履行神职的整个过程当中从不自称上帝。"这是一句不容辩驳的斥责，想到这里，传教士的坏心情一下子烟消云散了。

36. 民主精神

　　这是一个寒冷的夜晚。我吃过晚餐，坐在烧着木炭的火盆旁取暖，仆人在为我铺床。大多数苦力已经在我隔壁的房间里安顿下来，隔着薄薄的墙板，我能听到有几个人在聊天。一个钟头前来了一批人马，小客栈立刻被填得满满当当。突然一阵喧哗，我走到房门口向外望去，只见三顶轿子进了院子。他们在我面前停下，从第一顶轿子里走出一个矮矮胖胖、趾高气扬的中国人。他身着一袭松鼠皮毛镶边的黑色提花长丝袍，头戴一顶毛皮方帽。当他看到我站在主客房的门口时，似乎有点吃惊，他转身，用咄咄逼人的语气向店主问话。他看起来是一名官员，看到这间客栈里最好的上房已经有人住了，他显然很恼火。他被告知，只剩下一间空屋了。那间客房很小，沿着墙摆着几张铺着稻草的小床，通常只是给苦力们住的。他勃然大怒，人群也立刻骚动起来。官员认为这是一种对他的侮辱，他的两个随从和轿夫们也附和着大吵大嚷，店家和伙计们则忙不迭地争辩、解释，甚至哀求。官员大发雷霆。短短几分钟之内，原本静谧的小院回响着阵阵怒吼；

但这喧嚣来得快去得也快，吵闹突然停住了，官员走进了那间空房。一个蓬头垢面的仆人送去了热水，店主端上了热气腾腾的大碗米饭。一切又归于平静。

一个钟头以后，我走进院子，准备在睡前伸伸腿脚，活动五分钟，多少有点出乎我意料的是，我见到了刚才那位矮胖的官员，前一刻他还盛气凌人、不可一世，此时却与苦力中衣衫最破旧的一个同坐一桌。他们兴致盎然地交谈着，官员静静地抽着水烟。他之前那样大动干戈只是为了挽回面子，而一旦如愿以偿了，倒也愿意跟苦力们聊聊天，就不在乎什么社会地位的差异了。他的举止和蔼可亲，看不出屈尊降贵的痕迹。苦力也和他平起平坐地谈天说地。于我而言，这似乎就是真正的民主。在东方，人人平等的理念既不同于欧洲，也相异于美洲。在这里，地位与财富所带来的人与人之间的尊卑关系纯粹是偶然的，不会成为人际交往的障碍。

当我躺在床上时，我开始思索为什么在专制的东方，人与人之间拥有比自由民主的西方更多的平等。我不由得出结论：需要到臭水沟里寻找答案。因为在西方，我们凭借嗅觉来划分人群。工人是我们的主人，倾向于用铁腕来统辖我们，但不可否认的是，他们臭不可闻：人人都知道，大清早你得在工厂打铃之前上班，洗个澡可不是轻松事，况且，干重体力活也不会是香喷喷的。一周下来，牙尖嘴利的老婆得应付一大堆需要浆洗的衣物，你又帮不上忙，也就懒得勤换内衣了。我不是因为工人阶级身上有异味就对他们大加指责，但确实气味难闻。对于那些鼻子很尖的人来说，这就带来社交困难了。清晨的浴缸比出生、财富或者教育更加清晰地划分出了阶层。一个很显著的现象是，那些出身劳动阶层的小说家们惯于将晨浴比做阶级偏见的标志，我们这个时代最声名显赫的作家之一就曾经在他的幽默故事中把每天早晨起床后洗澡当作流氓无赖的标志。我大胆揣想，比起议会制度，也许臭水沟更有利于民主。"卫生设备"的发明摧毁了人类的平等观。比起掌握在极少数人手中的垄断资本，它更加激起阶级仇恨。

　　这是个听起来有点悲情的想法，当第一个人拉下抽水马桶的活塞，他这样一个轻而易举的动作，不经意间敲响了民主的丧钟。

37. 基督复临安息日会 [①] 教徒

　　他体型高大，肌肉发达。给你一种他买了这身衣服之后就不断长膘的印象，因为这身衣服看起来似乎有点紧。他总是穿着那套蓝色西装，显然是从商店买来的成衣（衣襟上缝着一面小小的美国国旗），高挺浆直的领口，一条白色领带上印着勿忘草的图案。短短的鼻子和看起来显得好斗的下巴，使那张刮得干干净净的脸上有一种坚毅的表情；他眼睛又大又蓝，戴着一副大号金边眼镜。他的头发沿着鬓角向后贴在脑袋上，平直而呆板，但头顶上的一撮头发像公鸡毛一般翘着。

　　这是他第一次沿着长江旅行，但他对周遭的一切丝毫不感兴趣。他不关心眼前奔腾不息的江水，也无视日升日落给景致所渲染的悲凉或柔美的色调。挂着大白帆的船只沿着江水悠然而下。月亮出来了，给辽阔的江面笼罩了一袭银纱，赋予江畔斑驳树影中的庙宇一种奇特的神秘感。他烦透了这

---

　　① 基督复临安息日会（The Seventh Day Adventist）是世界性教会组织，守安息日即星期六，认定星期天是伪安息日，一切以圣经为依据。"基督复临安息日会"一名始用于 1860 年，创始人为威廉·米勒。——译注

些。他每天会花点时间学中文，但剩下的时间只是用来读一读三个月前的《纽约时报》和一九一五年七月的国会辩论，天知道，为什么这些会出现在船上。对于这片他前来布道的土地上遍布的各种宗教，他没有兴趣。他嗤之以鼻地将那些归类为魔鬼崇拜。我认为他从来没有读过《论语》。他对中国的历史、艺术和文学一无所知。

　　我不明白是什么把他带到这个国家。他谈起自己的工作，就像一个公务员谈论他的工作一般，尽管报酬很少（他抱怨还不如手艺人挣得多），但他还是希望把这份工作干好。他期盼教会能吸纳更多的信徒，从而让他们的教会学校自给自足。或许他曾有过改变异教徒的决心，这一点现在在他身上已经毫无踪迹了。他将所有事务视为做生意，成功的秘诀就在于"组织"这个宝贵的词语。虽然他是一个正直、诚实、善良的人，但是他心中既没有热情，也没有激情。他似乎得出中国人头脑简单的浅薄印象，因为他们不懂他在做的事情，他觉得他们很无知。他情不自禁地表现出高人一等的姿态。中国人制定的法律对白人不适用，他也很憎恶他们想要他入乡随俗的那一套。但他不是个坏人。事实上他这个人很和气，只要你不打算质疑他的权威，毫无疑问，他会倾其所有，鼎力相助。

38.哲学家 [①]

于我而言，在距离我如此遥远的一隅，发现这样一座偌大的城市，着实吃惊。站在城墙之上远眺落日，你甚至可以看见西藏的雪山。这座城人口稠密，唯有在城墙上才能轻松踱步，而一个快步行走的人，也要花上三个钟头才能绕城一周。方圆一千英里之内不通火车，河水太浅了，只有轻载的平底船只才能安全渡过。如果坐舢板船，需要五天时间才能够抵达长江上游。曾几何时，有那么一个惴惴不安的时刻，你扪心自问，火车和蒸汽船在我们的生活中，是否确如我们每天都要使用它们那样这般必要？因为，在此地，百万之众也在成长、嫁娶、繁衍、死亡；在此地，百万之众亦忙于生计、艺术与思想。

[①]　毛姆拜会的这位哲学家即辜鸿铭（1857 年 7 月 18 日—1928 年 4 月 30 日），学贯中西，号称"清末怪杰"，精通英、法、德、拉丁、希腊、马来西亚等九种语言，获十三个博士学位，是清朝精通西洋科学、语言兼及东方文学的中国第一人，他翻译了中国"四书"中的三部——《论语》《中庸》《大学》，创作甚巨。——译注

　　这里住着一位享有盛誉的哲学家，能够一睹他的风采是我进行此次苦旅的一项动机。他是中国研究儒家学说最权威的学者，据说能极流利地讲英德两种外语。他曾担任一位总督的幕僚①，而现在已经告老还乡了。一年之中，他会在某周的几天，敞开门户、开坛讲学，传授儒学思想。他有一群弟子，但人数不多，因为比起他的俭朴的寒舍和严苛的训诫，学生们更热衷国外大学华丽的建筑和洋人实用的科学：他认为这些不值一提，压根不屑一顾。从所听到的情况，我大致推断，他是一位性情中人。

　　当我提出要见一见这位名人时，我的东道主立刻提出给我们安排一场会见；但是几天过去了，没有任何动静。我问起来，主人耸了耸肩。

　　"我差人给他送去一张便条，请他过来一叙，"他说，"可我不知他为何迟迟没有现身。真是个老顽固。"

　　我认为用如此傲慢的方式对待一位哲学家不太合适，他对这样的召唤置之不理，我也不觉得奇怪。于是，我让人送了一封信过去，我用能想得出来的最礼貌的措辞询问他能否同意我前往拜会，两个小时不到，我就收到了回信，约定第二天上午十点去见他。

----

　　① 1885 年，辜鸿铭被湖广总督张之洞委任为"洋文案"（即外文秘书）。辜在张身边任职二十年，主要职责是"通译"。他帮助张之洞统筹洋务，精研国学，自号"汉滨读易者"。——译注

我乘轿前往。这一路似乎长得没有尽头。通过拥挤不堪和空无一人的街道，最后来到一条僻静、空荡的街上，在一面长长的白色墙壁中的一扇小门前，轿夫放下了轿子。其中一人敲了敲门，过了好一会儿，小门上的小窗打开了，一双黑黑的眼睛向外张望。一番简短的交谈之后，最终我被准许进入。一个面色苍白、精神不振、衣衫褴褛的年轻人，示意我跟着他走。我不知道这个人是那位大儒的仆人还是弟子。我穿过一个破旧的院子，被带进一个狭长且低矮的屋子，几乎没有什么家具，只有一张美式书桌、一对红木靠背椅和两张中式小茶几。靠墙有一些架子，上面摆放着很多书：大部分当然是中文书，但也有不少关于哲学和科学的英、法、德语书；此外，还有上百本没有装订的学术期刊。在没有被书架占据的墙上，挂着写有不同风格书法的条幅，我想，那上面一定写的是孔子语录。地上没有铺地毯。这是一个阴冷、简陋、令人不适的房间。只有桌上高颈瓶里的一束黄菊，才为这阴沉沉的屋子添了些暖意。

我等待了片刻，方才为我领路的年轻人端进来一壶茶、两个杯子和一罐弗吉尼亚香烟。他出去之后，哲学家走进了房间。我赶紧向他表达了他纡尊接待我的荣幸之情。他摆了摆手，让我坐在椅子上，为我斟茶。

"你有心前来，真是令我受宠若惊，"他回答道，"你们的同胞整天只跟苦力和买办们打交道；他们认为每个中国人，只能是二者之一。"

　　我冒昧地提出异议。我显然没有领会他这句话的用意。他靠在椅背上，用一种嘲弄的表情看着我。

　　"他们自认为只要招招手，我们就必须呼之即来。"

　　我这才回过神来，他还迁怒于我那位朋友送去的那张不讨喜的便条。我实在不知如何作答。我嘟囔着说了几句恭维话。

　　他已年迈，高个儿，留着花白的辫子，一双炯炯有神的大眼睛下，垂着两个沉重的眼袋。他的牙都朽了，发黄了。他极清瘦，双手不难看，纤小，有些干瘪，像爪子一般。我听说他抽大烟。他衣着简朴，身穿一件黑长袍，戴一顶黑色帽子，都有些旧了，深灰色的裤子在脚踝处扎紧了。他打量着我。他还不知道要以怎样的态度接待我，对我还存有戒心。诚然，哲学家在那些关注精神生活的人群中间占有最尊贵的地位，根据本杰明·迪斯雷利的权威说法，对于这种尊贵，我们必须极力逢迎。如此一来，我便百般阿谀。现在我感觉他的举止略微放松一些了。他就像一个正襟危坐摆好姿势准备拍照的人，按快门的"喀嚓"声刚落，他便恢复了轻松的自我。他给我展示他的藏书。

　　"你可知，我在柏林拿到博士学位，"他说，"之后，我在牛津大学学习了一段时间。但是，英国人，如果你允许我这么说的话，对哲学没有很高的造诣。"

尽管他说这番话的时候带着歉意，但很显然，哪怕这话不招人喜欢，他也喜欢说出来。

"我们也有在世界思想领域颇有建树的哲学家。"我提议说。

"你是指休谟和贝克莱？我在牛津大学时，在那里任教的哲学家们唯恐冒犯他们的神学同仁。他们不会让自己的思想追随逻辑的结论，以防危及他们自己在大学圈子里的地位。"

"你研究过美国哲学的现代进程吗？"我问。

"你是说实用主义？这是为那些笃信不可信事物的痴人们备下的最后的庇护所。相比较美国哲学，我对美国石油更感兴趣。"

他的评价非常尖刻。我们又坐下来饮茶。他的话匣子一打开便滔滔不绝。他讲一口正式且地道的英语，时不时插入一个德语短语来表达意思。就一个顽固的人可能会受到的影响而言，他应该是深受德国的影响。德国人的有条不紊与勤勉不倦给他留下了极为深刻的印象，加之一位治学不怠的哲学家在一本学术杂志上发表了一篇论及他一部作品的文章，德国人的哲学敏锐力对他来说不言而喻，

"我写了二十本书，"他说，"那是欧洲出版物中唯一评论我的文章。"

然而，他对于西方哲学的研究，最终只不过令他确信，智慧还是只能在儒家经典的范畴中寻得。他全心全意接受了

儒家哲学思想，这使他的灵魂获得圆满的同时，也使所有的西学形似空洞。我对此颇感兴趣，因为这证实了我的一个想法：哲学关乎个性，而非逻辑。哲学家的信念并非依据实证，而是仰仗他自己的心性；他的思想活动仅仅是用来证明那些他直觉认为真实的事物是合情合理的。如果说儒家学说牢牢攥住了中国人的思想，那是因为它诠释和表达了中国人的思想，没有其他任何思想体系能够做到这一点。

　　我的主人点了一支烟。他的声音起初有些微弱，透着疲惫，但随着他对自己的讲话内容谈兴渐浓，他的音量也越来越大。他冉冉不绝，在他身上看不到圣人的闲逸。他是一个辩论家、一个斗士。他弃绝现代社会对个人主义的召唤。对他而言，社会是一个统一体，家庭是社会的基础。他拥护古老的中国、旧式教育、君主制和僵硬的儒家思想。当说起那些刚从国外大学出来、乳臭未干的学生们时，他斥责他们用亵渎神明的双手摧毁世界上最古老的文明。这时候，他的语气更严厉、更愤懑了。

　　"可是，你知道你们在做什么吗？"他大起声来，"你们凭什么认为你们高人一等？你们在艺术和文学方面比我们出色吗？还是我们的哲学家不如你们的深刻？难道我们的文明不如你们精细、复杂、完善吗？这么说吧，当你们还披着兽皮住在山洞里时，我们已然是开化的民族了。你知道我们在进行一项世界历史上独一无二的实验吗？我们努力通过智慧，而不是武力来统治这个伟大的国家。数个世纪以来，我们成功地做到了。那为什么白种人还瞧不起黄种人呢？要我来告诉你吗？因为白种人发明了机枪。这就是你们的优越之处。对于我们这群手无寸铁之人，你们可以送我们上西天。你们打碎了我们哲学家的梦想：这个世界可以依靠法律和秩序的力量进行治理。现如今，你们用你们的秘密教唆我们的年轻一代，将你们可怕的发明强加到我们头上。你们莫非不知道我们拥有机械方面的天赋吗？你们莫非不知道我们这个国家拥有世界上最勤劳务实的四万万之众吗？你们认为我们要花长久的时间才能学会制造枪支吗？当黄种人造出像白种人一样的好枪，并射得同样精准时，请问你们白种人的优势又在哪里呢？你们诉诸枪支，将来也会被枪支正法。"

就在此时，我们的谈话被打断了。一个小女孩轻手轻脚地走进来，紧紧地依偎在老先生身边。她那双好奇的眼睛盯着我看。他告诉我小女孩是他最小的孩子。他抱住孩子，低声跟他说些爱抚的话，并宠爱地亲了亲她。她穿着一件黑色的上衣和一条不到脚踝的裤子，身后拖着一条长长的辫子。她是在皇帝逊位、辛亥革命取得成功的那一天出世的。

"我本以为她宣告了一个新时代的春天，"他说，"然而她只不过是这个伟大国度暮秋里的最后一枝花朵。"

他从书桌的抽屉里拿出一些小钱票，交给小女孩，就让她走了。

"你看我留着一条辫子，"他一边说着，一边托起长辫，"这是一个象征。我是古老中国的最后的代表。"

他的语气更温和了，他谈起古代先哲们带领弟子周游列国、传道授业。国君们召集他们共商政事，让他们成为城市的治理者。他学识渊博，口才极佳，有声有色地跟我讲述他的国家历史上的一些重要事件。我不由地认为他是一个有些悲哀的人物。他自诩拥有经世治国之才，却没有帝王委以重任；他满腹经纶，空怀精神上的追求，渴望将广博的知识传授给天下学子，可只有几个生活贫苦、半饥半饱、资质愚钝的外乡人去听他讲学。

我数次向他小心翼翼地表示我想要起身告辞了，但他还想留我。最后我觉得必须走了。我站起身。他握住我的手。

"你来拜访中国最后一个哲学家，我得送你一点东西作为纪念，可我一介寒朽，真不知该送你什么有价值的东西。"

我婉拒了他的好意，我表示，此次拜访给我留下的美好回忆本身就是无价的礼物。他微微一笑。

"在这样一个世风日下的时代，记忆转瞬即逝，我要送你一点更坚实的东西。想送你一本我的书，可你又不懂汉字。"

他看看我，困惑中带着和蔼。我想到一个主意。

"那就赐我一幅您的墨宝吧。"我说。

"你喜欢中国书法？"他笑道，"我年轻的时候，也常泼墨挥毫，人们认为我的字也不完全一无是处。"

　　他在书桌前坐下，拿出一张宣纸，在面前展开。他往砚台里滴了几滴清水，用墨锭轻轻研磨，接着拿起毛笔，自如地绕了绕手臂，开始写起来。我一边看着他写字，一边饶有兴致地回想起关于他的一些闲话。说是这位老者每当攒了些钱，就会去住着"青楼女子"的花街柳巷大把挥霍，人们提到那种女人，就会用这种委婉的说法。他的大儿子，一个在城里有头有面的人，对此恼羞成怒，但碍于大孝子的顺心，才没有对这种放荡行为大加责备。我敢说，做儿子的碰到这样放浪形骸的父亲，确实有点难堪，但对研究人性的学者而言，的确也可以平常心对待。哲学家们总是在书房里阐发他们的理论，只是从间接的生活材料中得出一知半解的结论，而在我看来，如果他们也面临凡夫俗子们遭遇的世事沉浮，也许他们的著作会拥有更确切的意义。我倒是乐于持宽厚之心看待老先生的这种隐癖。也许他所寻求的只是阐明人之幻象的最难以理解的一面吧。

　　他写好了。为了令墨迹干得快些，他在纸上撒了一些粉末，随后站起身来，将纸递给我。

　　"您写了什么？"我问。

　　我觉得他的眼里闪过一丝狡黠。

　　"我冒昧赠你两首我的小诗。"

　　"我不知道您还是个诗人。"

　　"当中国仍是一个未开化的国家时，"他酸里酸气地答道，

"所有的读书人总能写几行风雅的诗句来。"

我接过宣纸，看着上面的汉字，它们构成了好看的图案。

"您能给我翻译一下吗？"

"译者即叛徒，"他答道，"你不能指望我背叛我自己。问你的英国朋友去吧。那些'中国通'其实对中国一窍不通，但你至少能找个人，给你几行粗略的翻译。"

我向他告辞，他非常客气地将我送到轿子前。后来，我正好有机会把诗拿给我认识的一位汉学家，下面就是他的译文①。我得承认，我读诗的时候，多少有点惊讶，这无疑有些不合情理②。

　　　　忆昔淑女且无心，启齿婉婉妙如音；

　　　　秋水盈盈浸浓笑，玉手纤纤理花鬖。

　　　　今日君情属我有，哀怨悲吁凭栏久；

　　　　双眸未语泪先行，素指嫩弱使人愁。

　　　　无言吹寒定自伤，此情此境欲断肠。

　　　　　　　　　　　　——

──────────

　　① 我得感谢我的朋友 P.W. 戴维森先生的友好相助。—— 作者注。因戴维森将辜鸿铭先生的古诗译为英文，若本书译者在此英文诗基础上直译，经过二次转译的白话诗文与原初诗风势必存在较大差异，因此，译者在此处特以古体诗形式译出，以达到模拟一些原诗风格的目的，就此说明。——译注

　　② 据称，毛姆后来才发现这两首诗是辜氏赠予青楼女子的狎妓诗，不由哑然失笑。——译注

祈晨昏斗转，斜日快度。
君之明眸皓齿，桃腮粉黛，且并芳华隽俊，
尽随苏堤秋寒，投老残年。
初心犹念，敛与他人言，
君方知我情难平。

翠钗芳踪恍隔世，
妾之明睛绯颊、淡脂瑰影，
已成明日黄花。

悲嗟，从此与君绝，
不念锦书，云雨无凭。

39. 女传教士

　　她肯定有五十岁了，她充满信念的生活从未被怀疑所困扰，难怪她的脸上没有皱纹。她从不优柔寡断，舒展的眉头也就从不曾皱起。她的五官端庄大方，颇有阳刚之气，而那坚毅的下巴印证了她的眼镜给你的印象。她的蓝眼睛自信且泰然，透过一副大大的圆边眼镜打量着你。你能够感觉到这是一个很有领导力的女人。在她所有的善行中，慈悲为怀无疑是一马当先的，相信她把所有的善心都完全投入到事业中了。你也许可以说她也并非没有虚荣之心（不过这也可以理解为她仪态大方），因为她穿了一条绣满了花朵的紫罗兰色丝绸长裙，戴了一顶插着三色堇花的无边女帽，这帽子要是戴在一个不太体面的女士头上就会显得不太雅观。就是我那位在惠特斯特布尔当了二十七年牧师的叔叔亨利，即便对牧师妻子的着装颇有微词，也从不反对苏菲婶婶穿紫色的衣服，他肯定不会觉得这位女传教士的穿着有什么不妥之处。她谈吐流畅，就像打开水龙头后流出的平稳水流，侃侃而谈，仿佛政治家们在竞选演说末尾时那样令人钦佩。你会觉得她很

清楚自己想要表达什么（我们极少数人能做到这一点），并且
确切地表达了她想要说明的意思。

"我常常想，"她愉快地说，"如果你明白一个问题的两面
时，你作出的判断就会与你只知一面时截然不同。但关键之
处在于，二加二等于四，你就算争辩一个晚上，也不会等于
五。我说的对不对？"

我赶忙肯定她是对的，尽管对于用这样奇特的方式来
表述相对论和平行线永不相交这样的新理论，我并没有什
么把握。

"没有人能够把蛋糕吃掉了，还能同时拥有它，"她接着
说，引证了克罗齐关于语法与表达无甚相关的理论，"一个人
必须顺境不惰、逆境不馁，但正如我常常跟孩子们说的，你
不能指望事事称心如意。人无完人，我一向认为，如果你期
待看到别人好的一面，你就会看到最好的一面。"

我承认我有点犹疑，但我决定也说一说我的看法，仅仅
是出于礼貌。

"大部分人生活中总能发现每朵云彩都有银边，"我热切
地说，"只要你有毅力，你就能做很多力所能及的事，毕竟，
有什么要什么比要什么有什么更实际。"

当我信心满满说出这番话后，我觉得她的眼中闪过一丝
困惑，但也许那只是我的幻觉，因为她用力点了点头。

"当然，我懂您的意思，"她答道，"我们没办法做超出自

己能力范围的事。"

但我现在热血沸腾，顾不得她插话进来，继续说道：

"一镑有二十个先令，一先令有十二个便士，但很少有人能领会这其中的奥妙。我确信，与其稀里糊涂地撞南墙，还不如先看清楚自己的鼻尖。如果有一件事我们是能够确定的，那就是整体大于部分！"

她热忱地和我握手，以其坚定而很有个性的方式，向我道别："我们的谈话真有意思。在这样一个远离文明的地方，能和一个同样有智慧的人交换思想，真的是再好不过。"

"尤其是借助他人的智慧。"我低声咕哝着说。

"我一直都认为，一个人应该从先贤的伟大思想中获益，"她继续说道，"这表明那些杰出的先辈并未白活。"

她的论断让人印象深刻。

40．一局台球

　　我正坐在旅馆的大厅里读几天前的《南华时报》，这时酒吧间的门被猛地推开，一个高瘦的男人走了出来。

　　"你能跟我打一局台球吗？"他问。

　　"当然可以。"

　　我站起身，跟他一起走进了酒吧间。这是一幢石砌的小旅馆，外观有几分朴意，由一位吸鸦片的葡萄牙混血儿经营。这里总共住着五个人：一位葡萄牙官员和他的妻子，他们在等待客船将他们送到一处遥远的殖民地；一位兰卡斯特郡的工程师，他成日喝得烂醉；一位神秘女士，她已经不年轻了，但打扮得很艳丽，每天来餐厅吃完饭后就立刻回房间了；而眼前这位陌生人，我之前没见过。我猜想他是傍晚时分刚乘一条中国船只到达的。他已达知天命之年，我觉得，他就像被热带的阳光烤干了身上的元气，身躯干瘦，脸几乎是砖红色的。我想不出他是干什么的。他或许是一个失业的船长，或许是某个外国公司在香港的代办。他非常沉默，我在打球时想跟他搭话，他也不愿理。他的台球打得很好，尽管算不上出类拔萃，但他绝对是个好玩伴：当他把我的球打进袋子里后，他不是让我连开两球，而是让我打一杆好打的球。如若不是他冷不丁地打破沉默，甩给我一个奇怪的问题，这局球打完之后，我都不会再想起他来。

"你相信命运吗？"他问。

"你是指在台球桌上吗？"我感到十分惊讶。

"不，我是说人生。"

我并不打算认认真真地回答他的问题。

"我不太知道。"我说。

他推了一杆球，有点打偏了。最后，他用巧粉擦擦杆头，说道："我相信，如果是命中注定，你逃都逃不掉。"

就是这些，他没有再多说什么。我们打完这局球，他就上楼睡觉去了。从此以后，我就再也没有见过他。我永远都不会知道，到底是什么样的一种奇特情感冲动，让他对一个陌生人冷不防地问出这样一个问题。

41. 船长

我知道他喝醉了。

他是这期培训班的一名船长，个头不高却很讲究，胡子刮得干干净净。他应该一度轻而易举就当上了潜艇的指挥员。在他的舱室里挂着一件镶金边的漂亮制服，在战时很常见，因此现在商船上也常能看到，但他总觉得穿着这样的制服有点不好意思——他如今不过是长江上一条小船的船长，穿这样的制服有些不合时宜。驾驶舱内，他穿着一身笔挺的棕色西装，头戴一顶洪堡毡帽；一双皮鞋擦得锃亮，都能照出人影来。他的眼睛清澈、明亮，皮肤很好，尽管他已年近四旬，其中有二十多年是在海上度过，可他的样子看起来还不到二十八岁。你会确信他是个洁身自好的人，身心都很健康，人们多谈及的堕落与他毫不沾边。他喜欢通俗文学，书架上放满了卢卡斯①的作品。你在他的舱室里还能看到一张他曾效力过的足球队的合影，另两张相片上是一位有着漂亮卷发的

---

① 卢卡斯（E.V. Lucas, 1868—1938），英国作家，最具影响力的代表作包括一系列散文集、《兰姆传》(1905) 及其自传《阅读、写作和回忆》(1932)。——译注

年轻女士，可能是与他订过婚的人。

　　我知道他喝醉了，要不是他冷不丁地问我这样一个问题，我真不知道他醉成那样了。

　　"什么是民主？"

　　我给出了一个闪烁其词、草草应付的回答，在接下来的几分钟里我们又回到寻常不过的话题上来。然后，他打破了沉默：

　　"我希望你不会因为我问你'什么是民主'就把我当作一个社会主义者。"

　　"绝不会，"我答道，"不过我不明白你为什么不能是一位社会主义者。"

　　"我以我的名誉担保，我不是，"他抗议道，"我恨不得让他们靠墙站着一字排开，然后把他们都毙了！"

　　"什么是社会主义？"我问。

　　"噢，你懂我的意思，亨德森和拉姆齐·麦克唐纳，所有诸如此类的人，"他答，"我受够了工人。"

　　"但我觉得你自己也是一个工人吧。"

　　他沉默良久，我以为他在想别的事情了，但我错了，他一直在考虑如何回答我刚刚所说的话，最后他说：

　　"你看看，我不是一个工人。见鬼去吧，我可是从哈罗公学① 毕业的！"

---

　　① 哈罗公学（Harrow School），创立于 1572 年，著名的男童寄宿制贵族学校，英国历史最悠久的著名公学之一。——译注

42. 小城风景

　　我并非一个不辞辛劳的观光客，无论是职业导游，还是陪伴左右的友人，催促我前往某处古迹游览时，我总是固执地让他们去忙活自己的事。在我之前，已经有太多双眼睛怀着敬畏仰望过勃朗峰，在我之前，已经有太多颗心脏在西斯廷圣母面前欢跃不已。这样的景点好似充满慈悲的女人：你觉得芸芸众生因她们的怜悯而得以宽慰，当她们世故地请你在她们谨慎的耳边倾吐你全部的不幸时，你会感到窘迫不安。假设你就是压垮骆驼的那最后一根稻草！不，夫人，我要把我的烦恼（如果我无法独自背负，那更好）说给那些不太确定讲什么样的大道理来宽慰我的人听。当我身处异域小城，我更愿意四处随意闲逛，即便有可能错过一座哥特式教堂，我也能邂逅一座罗马式的小教堂，或是文艺复兴风格的门廊，这些足以使我自鸣得意，他人不会自寻烦恼寻来此处。

　　但这里确实是一处非常特别的景象，若是错过，就犯蠢了。纯属偶然，我碰上了它。我正沿着城墙外一条满是尘土的小道闲逛，就在这时，我看到道旁有一些古旧的牌坊。它

们并不高大，没有装饰，并不是横跨在路中，而是一个挨着
一个伫立在路侧，时而前后相邻。似乎将它们竖立于此，并
不是出于对逝者的感念，亦不是源于对先贤的仰慕，而是表
示官方的褒奖，好比在国王诞辰之日为偏远小镇的杰出公民
授予爵士称号。在这一排牌坊后面，地势突然升高，因为在
这一带，中国人会把死人埋在山坡上，因此，这一侧的山坡
上布满坟茔。一条踩出来的小路通向一座小塔，于是我循着
路走了过去。这是一座低矮敦实的小塔，约莫十英尺高，由
粗粝的石块砌成；上部呈锥形，塔顶像小丑的高帽子。它坐
落在小山丘之上，在一片坟墓之中，蓝天映衬之下，古怪，
又十分凄美。塔脚下扔着几个破篮子。我绕塔走了一圈，在
塔的背面看到一个长方形的凿洞，大概有十八英寸长，八英
寸宽，洞口悬着一根粗麻绳。从洞里飘出一股令人作呕的怪
气味。我瞬间明白这座奇怪的石塔是什么了。这是一座婴儿
塔。篮子里装着婴儿，被拎到这里来，其中有两三个竹篮很
新，也许是几个小时之前刚刚送过来的。而这根绳子呢？喔，
你想想那些把孩子带到这里来的人——母亲或是祖母，接生
婆或是帮衬的朋友——她们的人心也是肉长的呀，她们也不
忍心把新生儿扔进塔底（因为塔的下方还有一个深坑），于是
她们就用绳子把婴儿慢慢放下去。那股怪气味就是腐烂的气
息。这时，一个活泼的小男孩来到我旁边，他告诉我，这天
上午有四个婴儿被送到小塔。

　　有些哲学家，总是用某种自以为是的态度看待罪恶。他们认为，没有恶，就不可能有善；缺乏同情之痛，就不存在慈悲之举；不曾以身犯险，就没有血气之勇；没有遭遇不幸，就不会听天由命。他们也能在中国的弑婴行为中找到支撑他们这些观点的明证了。如果不是因为这座婴儿塔，城市里就不会有一家孤儿院，旅行者就会错过一处有趣而古怪的地方，一些贫穷的女人就没有机会来实践一种美丽且动人的德操。孤儿院破旧不堪、污水横流，它位于城里的贫民区，因为管理孤儿院的西班牙修女——只有五个人——认为，孤儿院应该建在最需要她们的地方；再说，她们也没钱在更宜居的地段建造宽敞明亮的房子。孤儿院要靠她们教小姑娘们做针线的活计，以及信众的施舍来度日。

　　修道院院长和另一位修女领着我转了转。当我走过刷着白漆的房子、工作室、休闲室、寝室和餐厅时，感觉它们低矮、冷清，显得空空荡荡，这感觉很怪异，仿佛身处西班牙。当你路过一扇窗户时，你甚至希望能一眼就瞥见吉拉尔达钟楼。看到修女们温柔地对待孩子们，还真让人感动。这里有两百个孩子，是被父母遗弃的，所以他们也就自然成了孤儿。在其中一个房间里，有一群孩子在玩耍，他们年纪都差不多大，大概四岁的样子，个头也都一般大小；他们都有着黑眼睛、黑头发和黄皮肤，模样太像了，仿佛都是那位住在鞋屋里的中国老太婆的孩子们。他们簇拥在修女们的身边，跟她们嬉戏玩闹。修道院院长有着我所听到过的最柔美的嗓音，当她和这群小家伙们逗趣儿时，她的声音更轻柔了。他们依偎在她的身边，看上去像极了一幅慈善画。这些孩子当中，有些身体畸形，有些生了病，有的瘦小而孱弱，样子很难看，还有的是瞎子，这让我不禁心头一颤；而看到充盈她双眸的赤诚爱意和漫溢于笑容的甜美温情，我又忍不住满心赞叹。

随后，我被引进一间会客室，在那儿尝了些西班牙小甜点，喝了一杯曼赞尼拉①。当我说起曾在塞维利亚住过一段时间，她们叫来了另一个修女，这样一来，她就能跟曾去过她家乡的人叙一叙了。她们领我参观了她们简陋却引以为豪的小教堂，看看那尊华丽的圣母像，瞧瞧那些纸花和其他粗制滥造、俗里俗气的装饰物；哎呀，那些可爱纯真的心灵，却被这极糟的品位占据了。我对此倒是不以为然：于我而言，在这可怕的粗鄙之中还有着某种感人肺腑的东西。在我即将告辞之时，院长问我要不要看看那天刚送来的几个婴儿。为了说服人们把孩子送到这儿来，每送来一个襁褓，她们就给两毛钱。两毛钱啊！

"你看，"她给出解释，"他们通常要走很远的路来这儿，除非你给他们一点钱，否则他们才不愿意费这个事呢。"

---

① 一种略带苦味的西班牙雪利酒，用原产该国东南部塞维利亚地区的小苹果酿制而成。——译注

　　她带我走进靠大门的一间小接待室，桌子上躺着四个新生儿，盖着一条床单。他们刚刚洗了个澡，裹着长长的衣服。床单揭开来，他们并排朝天躺着。四个扭动不停的小不点，脸红彤彤的，充满了生气，也是因为刚洗过澡，看起来很饿。他们的眼睛似乎大得出奇。他们这么小，这么无助：你看着他们，勉强挤出一点笑，与此同时，你感到喉头一阵哽咽。

43．夜幕低垂

　　傍晚将至，也许是走累了，你坐上轿子，登山路上，经过了一座石门。你不知道在这远离村庄的荒凉之地如何会有一座石门。但一处残存的断墙表明，这或许是某个已然被遗忘的王朝用来抵御外侵而筑就的要塞的遗址。当你穿过这座石门，俯身可见山脚下呈菱形形状的一块块波光粼粼的稻田，好似中国版《爱丽丝梦游仙境》中的棋盘，接着，就能看到那些为苍翠树木所笼盖的圆形山丘。沿着连接城镇的狭窄石阶往下走，在渐渐晦暗的天色之中，行经一片低矮的树林，林中的凉气扑面而来。顷刻之间，轿夫们缓行的脚步声、换轿杠到另一个肩膀时发出的口号声、打发单调行程的闲聊声和歌谣声，全都听不见了。因为，这林子里的气息和你穿过布莱恩森林时嗅到的肯特郡的沃土散发出的气息并无二致——一股乡愁瞬间涌上心头。你的万千思绪背离了此时此地，在时空中漫游，你想起了那些逝去的刹那芳华，那曾经的志盈心满之愿、染神刻骨之爱、壮志凌云之心。如果你是一个人们口中常提到的那种愤世嫉俗的人，也就自然容易多愁善感，你的双眸将会情不自禁地泪水满溢。而当你平复了心境，夜幕已经低垂。

44. 正常的人

　　我曾一度硬着头皮学过解剖学[①]，那是一门很无趣的学科，因为你要记住一大堆毫无意义且没有道理可讲的东西。但是我的老师在帮我解剖一条大腿时说的一句话，却始终印在我的脑海里。当时我正在枉费气力地寻找一根神经，而他凭借精湛的技术就在我没想到的地方发现了它。我感到很恼火，因为教科书误导了我。他笑着说：

　　"你得明白，所谓正常，其实是世界上最稀有之物。"

　　尽管他说的是解剖，但也道出了人性的真理。相较那些警言佳句，这句无心之言却给我留下了更为深刻的印象，打那之后，很多年过去了，随着我对人性的感触渐深，我对这个真理更加笃信不疑。我见过上百个看起来很正常的人，但旋即就能在他们身上发现一种尤其凸显的特征，以至于这些人可被归为同类。我感到别有趣味的是，在最平凡无奇的外

---

　　① 1892 年 9 月，时年十八岁的毛姆进入位于伦敦的圣托马斯医院，接受为期五年的医科教育。毛姆读医科的原因，据说一方面是迫于伯父的安排，另一方面来自母亲的逝世对他造成的影响。——译注

表之下，人们总掖着古怪的脾性。我惊讶地发现，平常人身上有着恐怖的恶。最终，我像搜罗一件艺术珍品般找寻正常之人。如此一来，结识他所能带给我的那种特殊的满足感，我想，可以被称作审美的快意。

我还真以为在罗伯特·韦伯身上找到了。他是一个小口岸的领事，我受人之托带一封信给他。此番中国之行的旅途中，我对他多有耳闻，都是讲他好。每次我碰巧提起我要去他任职的那个港口，人们一定会说：

"你会喜欢罗伯特·韦伯的。他是个顶呱呱的家伙。"

无论为官做事，还是待人接物，他的人缘都很好。他设法让商人们得偿所愿，因为他很关心他们的利益；与此同时，他也不得罪称赞其坚定的中国人和肯定其私生活的传教士。在战时，凭借自身的圆滑、决断和勇气，他不仅解救了他所在城市的外国侨民，还使许多中国人幸免于难。他挺身而出，为交战双方充当调停者，他的足智多谋总能促成一个令双方满意的方案。他将继续平步青云。我自然觉得他是个颇有魅力的人。尽管他看起来并不出众，但这外表很讨人喜欢：他个子很高，也许比一般人还高出一些；身材很好，没有发福，红润的面孔现如今（因为他毕竟快五十岁了）很容易在早晨有些浮肿。这不奇怪，在中国，外国人都是暴饮暴食，而罗伯特·韦伯一向不会错过生活中的美好。他总是备着好酒。他喜欢跟人一起吃饭，你很少看到他就餐时身边没有一两个

人作陪。他的眼睛是湛蓝色的，很友善。他不乏讨人欢喜的
社交本领：弹得一手好钢琴，别人喜欢的曲子，他也很欣赏，
当有人想要翩翩起舞时，他总是马上伴奏一首单步舞曲或是
华尔兹；因为他在英国有妻子和一双儿女要供养，养一匹赛
事小马就很吃力，但他对赛马很着迷；他的网球打得很好，
桥牌水准也超过常人。与许多他的同僚们不一样，他不会让
自己被职位拖垮，晚上在俱乐部的时候，他总是显得和蔼可
亲。但他始终不敢忘记自己是英国的领事，这让我钦佩不已：
既不乏身在其位的尊严，亦不摆自负尊大的架子。简而言之，
他拥有很好的风度。他谈吐优雅，趣味虽说平常，倒也涉猎
广泛。他很有幽默感，会开很有意思的玩笑，也能讲生动有
趣的故事。他的婚姻非常美满。他的儿子在恰特豪斯公学 ① 就
读，他给我看了一张照片，是一个穿着法兰绒、高挑、清秀
的小伙子，那张脸真挚而可爱。他还给我看了他女儿的照片。
这是在中国任职的一个悲剧，他不得不与家人长时间地分隔
两地，因为战争的缘故，罗伯特·韦伯已经有八年之久没有
见到妻儿了。在儿子八岁、女儿十二岁那年，他的妻子带着
两个孩子回国了。他们本想等他的任期到了就一起打道回府，
但他当时任职的地方无论对哪个孩子来说都不适宜，他的妻
子同意带上孩子先走。三年之后他可以休假一年，就能和家

---

① 　由托马斯·萨顿（Thomas Sutton）于 1611 年创办的英国著名贵族学校，
位于英国萨尔郡的戈达尔明小镇。——译注

人在一起。可是等到他可以休假时，战争爆发了，领事馆人手紧缺，他在彼时离岗显然是不可能的。他的妻子又不愿与年幼的孩子们分开，且路途艰苦、危机四伏，没人料到战争会持续那么久，一年年就这么过去了。

"我上次见到女儿时，她还是个孩子，"他给我看他女儿照片的时候说，"现在她已经嫁作人妇了。"

"您什么时候休假？"我问他。

"噢，我妻子就要来了。"

"但您不想去看看您的女儿吗？"我问。

他又看了一眼照片，随之将目光移向别处。他的脸上有一种奇怪的表情，我想，那是一种愠怒，他答道：

"我已经离家太久了，我永远不想再回去了。"

我背靠在椅子上，抽着烟斗。照片上是一个十九岁的女孩，大大的蓝眼睛，一头卷发，标致的脸蛋，开朗而亲切，但最引人注目的是某种特别迷人的表情。罗伯特·韦伯的女儿是个魅力十足的姑娘。我喜欢那种妩媚的奔放。

"当她把照片请人捎来时，我真是吓了一跳，"他紧接着说，"我总还认为她是个孩子。如果我在大街上遇到她，我肯定认不出她来。"

他不太自然地扬了扬嘴角。

"这不公平……当她还是个孩子时，她总是很乐于被人宠着的。"

他紧盯着照片，我似乎能从他的双眼中看到一种遽然而至的激动。

"我差点没认出她是我的女儿。我以为她会和她母亲一块儿来的，结果她来信说她订婚了。"

他又看向别处，我想他下撇的嘴角似乎带着某种难堪。

"我猜想，一个人到了这里，就会变得自私了，我感到非常痛苦，但我还是在她婚礼那天举办了一个盛大的宴会，请了这儿所有的人，人人都喝得酩酊大醉。"

他不好意思地笑了笑。

"我实在是，你知道，"他窘迫地说，"我是多么得伤心。"

"那小伙子怎么样？"我问。

"她爱得如痴如醉。她的来信除此之外不谈其他事。"他的嗓音中带着一种奇特的颤抖。"把一个孩子带到这世上来，教育她、宠爱她，诸如此类这一切却是为一个你从未谋面的人在忙，这真是太过分了。他的照片在我这儿某个地方，我不知道搁到哪儿去了。我对他的事不太在意。"

他又给自己斟了一杯威士忌。他倦了，看上去苍老而浮肿。他沉默良久，然后好像一下子振作了起来。

"好吧，感谢上帝，她母亲就要来了。"

说到底，我觉得他算不上一个十分正常的人。

45.老伙计

　　他已经七十六岁了。他刚成年就来到了中国，在一艘船上做二副，自此就再也没有回去过。从那以后他做过很多行当。他长年在一艘往返于上海和宜昌之间的中国轮船上掌舵，对于这条宽阔又危险的长江的每一寸航道都烂熟于心。在香港的时候，他当过拖船的船长，也曾经加入"常胜军"作战。他曾经在镇压义和团时发了一笔横财，辛亥革命时汉口被炮轰之时，他就在城里。他结过三次婚，第一次娶了一个日本女人，第二个妻子是中国人，最终，在他快五十岁的时候，娶了一个英国女人。她们现在都不在人世了，而只有那个日本女人一直让他念念不忘。他会给你讲她在上海的寓所里是怎么摆弄那些花的，花瓶里只插一株雏菊，或是一枝含苞待放的樱花；他始终记得她是怎样用纤纤双手举起茶盏。他子孙满堂，但他对他们感情很淡：儿子们在中国的几大港口城市定居，在洋行或航运公司上班，他很少见到他们。他的独生女是英国妻子生的，他为女儿感到骄傲，她嫁得很好，回到了英国，因此他以后再也见不到她了。现在唯一跟他有些感情的是一个伺候了他四十五年的老仆人。那是个瘦得干巴巴的中国小老头，有点秃顶，动作迟缓，板着个脸，已经六十好几岁了。他们不停地拌嘴。老伙计会嫌仆人老了，干不动活儿了，说是哪天得让他卷铺盖走人，仆人就回嘴说他早就烦透了服侍这么个疯疯癫癫的洋鬼子。但两个人都知道对方都是有口无心。他们打了一辈子交道，大家如今都老了，就守在一块儿，直到入土那天。

　　他娶了英国妻子后就下船了。他把所有的积蓄都投在了经营旅馆上。但投资没有成功。那是一处距离上海不远的避暑胜地，那时候中国还没有汽车。他好交际，整日泡在吧台边。他大手大脚，送出去的酒跟卖出去的一样多。他还有往浴盆里吐痰的怪癖，惹得那些考究的住客大为不满。他的最后一任妻子死后，他才发现之前都是靠她才勉强撑起了这桩生意。没多久，他就身陷困境。他所有的积蓄都用来买这处地产了，现在，不仅贷款负担很重，而且一年年入不敷出。他咬咬牙，把房子卖给了一个日本人。他在六十八岁那年还清了欠款，但发现自己已经身无分文了。不过，上帝保佑，他是个水手。长江上的一家船运公司给了他一份船务长的差事——他没有船长资格执照——他回到了再熟悉不过的长江上。这样，他一干就又是八年。

　　此刻，他站在这艘漂亮的小轮船的驾驶台前面，这船还不如泰晤士河上的汽船大，他身姿飒爽、瘦削笔直，就像他年轻时那样，穿着整洁的蓝制服，工作帽随意地盖在那一头苍苍白发之上，他的小胡子修剪得尖尖的。七十六啦，真是很大的年纪了。他昂着头，手里拿着望远镜，身边站着中国船员，他望着浩瀚蜿蜒的江面。一队船尾高翘、挂着直帆的船儿，正沿着长江顺流而下，船工们一边划着吱嘎作响的木桨，一边吼着单调的号子。落日余晖之下，金黄的江面恰如一面明镜，泛着淡淡的柔光，煞是可爱；平坦的河岸之上，树林和颓败的村庄映入眼帘，白日的氤氲中，它们看起来朦朦胧胧的，而此刻，在灰色天际的映衬下，如皮影般显出了清晰的轮廓。他听到大雁的叫声，于是抬起头来，看到它们在高空排成 V 字形，向他所不知道的远方飞去。在夕阳的更远处，是一座孤零零的小山，山顶上有一座庙宇。眼前的这一切景象时常可见，这倒让他心生一股别样的滋味。这行将日暮的一天，不知道为何，让他想起了过往的悠悠岁月，他不禁感慨年华匆匆，垂垂老矣，但也觉得没什么好遗憾的。

"的确，"他咕哝道，"我这辈子过得还不错！"

46. 原野

　　这件事显然微不足道，三言两语就能说清，但令我惊讶的是，心灵的眼睛会让我对于肉眼轻易见到的景象视若无睹。一个人能够被联想法则这般摆布，连我自己都吓了一跳。多日以来，我都在山路上行走，今天，我知道我终于能够到达大平原了，那里有座古城，是我一直想要去的；然而，当我一早踏上路途时，我都没有看出已经离它不远了。事实上，山还是那样陡峭，当我爬上一座山顶，想要俯身看看山脚下的峡谷时，才发现在我前面是一座更陡、更高的山。我一步一步稳稳当当地向上爬，能看到身后一路走来的那条白晃晃的小道，在崎岖的黄褐色峭壁间蜿蜒盘亘，在太阳底下闪着光。天很蓝，西边飘着几朵白云，好似傍晚时分驶出邓杰内斯①海港的小渔船。我继续不停地向上爬，随时期待与等候我的风景相遇，若不是在这个弯道，那就是在下一个。最后，当我的思绪还在神游之时，突然，我看到

① 英格兰肯特郡最南端的沿海小村庄。——译注

了它——但这并非我见过的中国风景，那些稻田、牌坊、美丽的庙宇、竹林间的农舍、道路旁的旅店、大榕树下歇脚的挑夫——这明明是莱茵河的河谷，广袤的平原在落日余晖的映照下金光灿灿，莱茵河似一条银色的带子，从峡谷间穿过，远处沃尔姆斯的几座尖塔依稀可见——这就是年轻时的我所见到的空旷原野，那时我还在海德堡求学^①，走过老城外那座冷杉覆盖的山丘，突然来到一片林中空地，眼前豁然开朗。就是在那儿，我第一次感受到了美；就是在那儿，我第一次拥有如饥似渴获取知识的灵感（我读每一本书都像一次非比寻常的冒险）；就是在那儿，我第一次体会到谈话的乐趣（噢，这些平常之事，每个孩子发现个中乐趣的时候，就好像发现了未知的宝藏）；正是安拉吉大街明媚的阳光、软绵的蛋糕和醇香的咖啡让走累的我恢复了青春的活力；正是在城堡上那些惬意的傍晚，远眺脚下雾蓝色的烟气从老城倾颓的屋顶上袅袅升腾；正是歌德、海涅、贝多芬、瓦格纳，当然还有施特劳斯的圆舞曲、啤酒花园里奏曲的乐队、安安静静穿梭不止的梳着黄色发辫的女孩子们。正因为这一切——回忆中充斥着感官的吸引力——对我而言，"原野"这个词并非泛指，而是专用于莱茵河谷。我所理解的幸福，其唯一的标志就是一种磅礴大气的图景。

---

① 1892 年初，毛姆前往德国海德堡大学学习文学、哲学和德语，后肄业。——译注

夕阳西下，大地一片金黄，银光闪闪的河流贯穿其间，仿佛
人生的路途，又像引领你穿越人生的理想，在那遥远之处，
伫立着老城的灰塔。

47. 失败者

　　他是个矮胖子，戴一顶像林中流浪汉一样的宽边帽，穿一件像里奇所画的水手穿的那种粗呢大衣，以及一条不知道多少年前流行过的肥大的格子裤。当他摘下帽子，你能看见一头漂亮的长卷发，虽然已年近花甲，但他却没几根白头发。他五官端正。领口过于肥大，以至于他那像雕塑一般的粗脖子全都露了出来。他的样子很像六十年代悲剧中的罗马皇帝，而他低沉的嗓音听起来很像老派演员。他敦实的体型看起来有点可笑。你可以想象他用那种让全场哄笑的声音朗诵乔治·谢里丹·诺尔斯的无韵诗。而当他用极其夸张的架势和你问好时，你会想如果这要放在一八六〇年的舞台上，他用那颤抖而洪亮的嗓音哀悼王子的不幸离世，那一定会让你肝肠寸断。随即，你就能听到他精彩的表演了，他冲着中国仆人喊道："我的靴子，小子，我的靴子，我拿一个王国来换我的靴子！"①他承认他本该去当个演员。

---

　　① 对《理查三世》中著名台词的戏拟。——译注

"生存还是毁灭，这是一个值得考虑的问题；但我的家人，我的家人啊，亲爱的孩子，他们会屈辱而死，而我则要默然忍受命运的暴虐的毒箭。"①

简言之，他是来中国做评茶师的。但他来的时候，锡兰茶已经取代了中国茶叶，要在短短几年之内靠这一行发财是不可能了。尽管赚不到什么钱，但他挥霍惯了，生活还是像从前那样铺张，因此，日子越发艰难。最后，中日甲午战争爆发，随着台湾被割让，一切都完了。评茶师不得不另谋生计。他做过酒商、承包商、地产中介、经纪人及拍卖商。绞尽脑汁能想出来的来钱的法子，他都试过，但随着港口的衰败，一切努力都白费了。尝遍生活的百种滋味之后，他终于有了现在这副落魄相，甚至让人有些感伤，就好比一个韶华已逝的半老徐娘，想要听到褒美之言，但她自己都不会相信那些说自己风韵犹存的鬼话。尽管混到了这份田地，他还有些慰藉：他有一份数额可观的保险。他是个失败者，他自己也知道，但这并没有让他心灰意懒，因为他自认为只不过是被命运玩弄罢了，他的头脑里从未萌生过对自身能力的怀疑。

---

① 对《哈姆雷特》景点独白选段的戏拟，原段落翻译参考朱生豪译本。——译注

48. 戏剧学者 ①

　　他送来一张光洁的名片，形状和大小都很合乎规范，四条边是很宽的黑色边框，名字下面印着：现代比较文学教授。原来他是个年轻人，小个子，有一双优雅的小手，他的鼻子比一般中国人的更大些，戴一副金边眼镜。尽管天气挺暖和，他仍穿着一套厚厚的花呢西装。他看起来有些腼腆，说起话来嗓音很尖，好像从来没有变过声，那种刺耳的音调让我对他所说的话产生一种说不清道不明的不真实感。他曾在日内瓦、巴黎、柏林和维也纳就读过，能够流利地用英语、法语及德语交谈。

---

　　① 本文中的"戏剧学者"即宋春舫（1892—1938），别署春润庐主人，浙江吴兴（今湖州）人。剧作家、戏剧理论家，我国现代剧坛最早研究和介绍西方戏剧及理论的学者和藏书家。1931 年，宋春舫"斥金四千，始建褐木庐于青岛之滨"，将平生所收集的戏剧图书囊括其中。1920 年，毛姆与宋春舫在北京会面。关于这次会面的详情，宋春舫之子宋淇（笔名林以亮）写有《毛姆与我的父亲》一文，此文详细考证毛姆与宋春舫的那段文字交，对二人交往中毛姆对宋春舫的"误判"给出了较为详尽的诠释，并对宋春舫的戏剧观作了精彩的阐述，详参《从莎士比亚说到梅兰芳》（《毛姆与我的父亲》原文即载于该书附录），宋春舫著，陈子善编，海豚出版社 2011 年版。——译注

原来他是教授戏剧的。他最近用法语写了一本论中国戏剧的书。国外的学习使他对斯克里布[①]产生了极大的热情，他认为斯氏是中国戏剧再生的榜样。当他说到戏剧应该激昂人心时，你不免觉得好奇。他说戏剧需要出彩的剧本、精彩的场合、合理的分幕、充满悬疑的情节和戏剧性。中国戏剧有其绝妙的象征主义，正是我们一直以来孜孜以求的观念戏剧，很显然，它也正是因为枯燥无味而走向衰亡。的确，观念不是从醋栗丛中长出来的[②]，它们需要不断更新以永葆活力，当它们陈腐不堪之时，只会发出一阵阵死鱼的腥臭味。

这时，我想起名片上的描述，于是便问我的这位朋友，他向学生们推荐什么书，无论是英语的还是法语的，以便使他们对当今的文学潮流有所了解。他迟疑了片刻。

"我属实说不上来，"他最后说，"你知道，那不是我的本行，我只研究戏剧；但如若你感兴趣，我可以让我教授欧洲小说的同事回头去见你。"

"那倒不必麻烦。"我说。

"你读过《梅毒患者》吗？"他问，"我认为那是自斯克里布之后欧洲最好的剧本。"

---

①　尤金·斯克里布（Eugene Scribe，1791—1861），法国著名戏剧家，一生创作过 350 部之多的戏剧作品，代表作有《一杯水》《贝尔特朗与拉东》和《阿特利叶娜·勒库弗勒》等。——译注

②　此处是关于醋栗的一个俚语，是父母们跟小孩所说的婴儿是从醋栗（蘸子）灌木丛中生出来的哄骗话。——译注

"你读过吗？"我礼貌地问。

"读过，你知道我们的学生对于社会问题很感兴趣。"

可惜的是我对此毫无兴趣，于是我尽可能灵巧地将话题引向中国哲学，我倒是杂七杂八地读过一些这方面的东西。我提到了庄子，教授竟一时瞠目结舌。

"他生活在很久以前。"他困惑地说。

"亚里士多德也生活在很久以前。"我俏皮地咕哝了一声。

"我从来没研究过哲学家，"他说，"但当然了，我们的大学里有一位中国哲学教授，如果你感兴趣，我也可以请他去见见你。"

和教书人争辩毫无意义，就像海神（在我看来有些狂妄自大）与河神对谈一样，于是我乖乖地谈论起戏剧来。这位教授感兴趣的是戏剧技巧，正准备以此为题做一次演讲，他似乎认定，这一主题既复杂又深奥。他问我创作技巧的奥秘何在，这显然只是想恭维我。

"我只知道两点，"我答道，"一是遵从常识，二是紧扣要点。"

"写一部剧本只要做到这两点吗？"他问，语气中带着一丝失望。

"你寄希望于某种技巧，"我先是肯定了他的话，"但这不比打台球需要的技巧更多。"

"美国的所有名牌大学里，他们都在教戏剧技巧。"他说。

"美国人是极度讲究实用的民族，"我回答说，"我相信哈佛大学正在创设一个教席，专门教老太太们怎么吮鸡蛋。"

"我不太明白你说的话。"

"如果你不会写剧本，没人能把你教会；而如果你会写剧本，那就像滚圆木一般简单。"

他一脸茫然，可我认为他只不过是对滚圆木这种活动到底应该属于物理学教授的范畴还是应用机械学教授的范畴举棋不定罢了。

"但如果写剧本那么容易，剧作家们为什么要费那么长时间呢？"

"他们不费吹灰之力就写出来了，你要知道。洛卜·德·维加、莎士比亚以及其他众多剧作家轻而易举就写出了大量剧本。而一些现代的剧作家根本就不通笔墨，对他们而言，要把两个句子放在一起几乎是无法克服的障碍。有一次，一个著名的英国剧作家给我看一份手稿，我看到他写了'你的茶里要加糖吗'这样一个句子，居然改了五遍，才写成这个样子。一个小说家如果不拐弯抹角就基本表达不出他的意思，那他不饿肚子才怪。"

"你不能说易卜生①目不识丁吧，但众所周知，他写一部剧要花上两年时间。"

---

① 亨利克·易卜生（Henrik Ibsen，1828—1906），挪威戏剧家，欧洲近代戏剧的创始人。他的作品强调个人在生活中的快乐，无视传统社会的陈腐礼仪。代表作有《培尔·金特》《玩偶之家》《群鬼》《人民公敌》《海达·加布勒》等。——译注

"很显然，易卜生在构思情节时遇到了极大的困难。月复一月，他绞尽脑汁，最后绝望了，只能拿以前用过的同样情节凑数。"

"你这是什么意思？"教授大声说，他的嗓音提得很尖，"你说的话我压根不懂。"

"你难道没有注意到易卜生一再重复雷同的情节吗？一帮人待在一个封闭而窒息的房间里，随后有人（从山上或从海上）进来了，窗子被猛地推开：每个人都清醒过来，于是幕布降了下来。"

我似乎看到教授不苟言笑的脸上有那么一刻蒙上些许淡笑，但他依旧眉头紧锁，朝着空中呆看了两分钟。随后，他站起身来。

"我会记住你的这个观点，把亨利克·易卜生的作品再仔细读一遍。"

在他走之前，我没有忘记向他提出一个问题——当两位戏剧研究者偶然相逢，其中那个钻研好学的学者总是会向另一方提出这样的问题。我问他，戏剧会面临怎样的未来。我本以为他会说："哦，见鬼！"但我又转念一想，他必定会大喊一声"啊，天呐！"他长吁了一口气，摇了摇头，又举起了他那双优雅的手，一副沮丧的模样！我发现所有有识之士考虑中国戏剧现状时所表现出的绝望并不少于他们考虑英国戏剧现状时的绝望，这确实让人得到一些安慰。

49. 大班

　　他比任何人都清楚，自己是个人物。他在首屈一指的驻华英国公司里还算排得上的分公司坐着头把交椅。凭借过硬的本领，他达成今日这般成就。当他回想起三十年前来到中国时还是个稚嫩的小办事员，不由莞尔一笑。他想起儿时的那个家，一排红色小房子中的一间，在巴恩斯郊区，那里的人追逐上流社会，到头来只落得黯然神伤。再看看现在这座气派的石砌官邸，大大的阳台，宽敞的房间，这里原先是公司的办公室，现在是他自己的住宅，想到这些，他颇为自得地哼笑起来。在此之前，他走了很长一段路。他想起放学回家（那会儿他在圣保罗学校①念书），和父母及两个姊妹一起用下午茶的场景，一片薄薄的冷肉、一大块抹了黄油的面包、加了很多牛奶的茶，每个人自取自用。再想想他现在用晚餐的情景。他总是穿得像模像样，无论是一人独食还是多

---

　　① 圣保罗学校 (Saint Paul's School) 位于英国伦敦西南郊的巴恩斯地区，提供顶尖私立教育，由当时身为教父和牛津讲师的约翰·柯乐特 (John Colet) 于 1509 年创办，距今已有五百多年历史。——译注

人同餐，身边总要有三个佣人伺候。大管家完全知晓他的喜好，他从不需要为家务琐事烦神。他总备着一套正餐，有汤，有鱼，还有头盘、烤肉、甜点以及餐后消食小菜，如此一来，哪怕到最后一刻喊人到家里来，都有像样的东西招待。他喜欢美食，不过他想不明白，不招待客人时，一个人吃晚餐怎么就得马虎些。

他的的确确功成名就了。难怪他现在不愿回家，他已经十年没回英国了。如果他去日本和温哥华度假，在那儿肯定能遇到来自中国口岸的老朋友。在英格兰他没什么旧相识。他的姐妹们都嫁给了相同阶层的人，她们的丈夫、儿子都是职员。他和她们之间没有交情，甚至厌恶她们。每到圣诞节，他就寄去一匹上好的丝绸、一些精美的刺绣，或是一盒茶叶，这就算是圆满维系了亲情。他不是小气的人，只要母亲还活着，他就会给她生活费。但是等到他退休了，他并不打算回到英格兰，他深谙太多人这么做，晚景都不大好。他打算在上海的跑马场旁边置下一幢房子：玩桥牌、养小马、打打高尔夫，以此舒舒服服地颐养天年。但是，他还要干不少年才需要去考虑退休的事。再过五六年，希金斯就要回国了，到那时，就要由他来接任上海总部的职位。同时，他也很高兴在这里能攒下些钱，在上海是别指望的，此外，他在这里过得很滋润。此地比起上海来还有个优势：他在这一片侨民界中算得上是最有头有面的人，说话很管用。曾几何时，一位领事跟他起了争执，结果败下阵来的并不是他。大班想到这事，不禁好斗地撅了撅下巴。

　　但他又笑了，因为他现在感到心情极佳。他刚参加完汇丰银行奢华的午餐会，走在回办公室的路上。午餐会上，他们对他很客气，菜肴是一流的，酒水很丰富。他起先干了几杯鸡尾酒，然后尝了些品质极佳的苏特恩白葡萄酒，最后喝了两杯红酒和少许上好的陈年白兰地。他感觉很好。当他离开时，他做了一件对他而言少之又少的事：走着回去。轿夫们抬着轿子，隔着几步跟在后面，以防他歪歪跄跄之时，好躺进去，但他很享受舒展双腿的乐趣。这些天来他锻炼不够。由于他太胖不能骑马，就很难松动筋骨。即使因为体重原因不能骑马，他还是养着几匹小马驹，当他在芬芳的空气中踱步时，他想到了春天的跑马会。他有几匹押宝的快马，办公室里的一个小伙子原先就是出色的骑师（他得留个心眼，别被他们挖了墙脚——上海的老希金斯愿意花大价钱请他过去），他想必能赢个两三场。他自诩拥有全城最好的马厩。他像只鸽子一样挺起了宽阔的胸膛。这真是美好的一天，活着真好。

　　他走到墓地，停住了脚步。这片墓地坐落在那儿，干净而整洁，尽显侨界的兴旺之气。他每每经过墓地，都难掩一股神奇劲儿。他对自己是个英国人感到很高兴。因为这块墓地的所在地，当初选址的时候一点都不值钱，但随着城镇的日益繁荣，如今它很值钱。有人建议将墓地迁到其他地方，把这块地皮卖了盖房子，但是侨民们从感情上接受不了。大班一想到故去的人能在这座城市里寸土寸金的地方安息，就欣慰不已。这表明人们还有看得比钱更重的东西。金钱被打败了！涉及"攸关之事"（这是大班平常最喜欢挂在嘴边的），是的，人们还是记得，金钱并不是万能的。

此刻他想进去溜达溜达。他看了看墓地，打扫得很干净，小径上连一根杂草都没有，看起来很有生气。他随意踱着步，一面看着墓碑上的名字。这块墓碑上并排写着三个人的名字：三桅帆船"玛丽·巴克斯特"号船长、大副和二副，在 1908 年的台风中全部遇难。这场事故他记得很清楚。一块墓碑上有好几个人名，是两位传教士和他们的妻儿，他们是在义和团运动中被杀害的。真是骇人听闻！倒不是说他本人对传教士有多待见；但是，真是岂有此理，哪能让中国人来害死他们呢。随后，他来到一个十字架前，那上面的名字他熟悉。老伙计，爱德华·米洛克，他喝多了，把自己喝死了，可怜的东西，才二十五岁呀：大班认识的不少人都是这样。那边还有好几个简易的十字架，上面写着名字和年龄，二十五、二十六、二十七；他们的故事都差不多：来到中国，此前从没见过这么多钱，都是很不错的小伙子，就想喝两口，可是一撒开就收不住，最后就喝到坟地里来了。在中国沿海城市，你必须要有好酒量和棒体格才能应付得了纯粹为了喝酒而喝酒的场面。这的确很可悲，但大班一想到那么多曾经和他碰过杯的年轻人现如今都睡在了地下，不禁笑了笑。这里还有一块碑，那是个比他年长些的老同事，也是个聪明人。他的死对大班而言还是桩"幸事"：如果那家伙还活着，也轮不到他现在来当大班。命运之路真是不可估测啊。呃，这儿是特纳女士，一个可爱的小妇人，他跟她曾经打得火热；当她离世时，他伤心不已。他看了看墓碑上她的年岁，要是现在还在世，她也已经人老珠黄了。他想到那些逝去的人，一种满足感传遍了全身。他打败了他们所有人。他们死了，而他还活着，并且，确实，他足足压了他们一头。他的目光扫过那些密密麻麻挤在一起的坟茔，他轻蔑地笑了。他甚至就要搓起手来。

"没人会认为我是个傻瓜蛋。"他嘟囔道。

对于无法开口言语的死者，他怀有一种善意的轻视。他沿路走去，这时突然看到两个苦力在挖一个坟穴。他吃了一惊，因为近来并没有听说有侨民去世。

"这到底是给谁挖的？"他大声问。

苦力甚至都没看他一眼，他们站在很深的土坑里继续劳动，把大块大块的厚土块从坑底撅上来。尽管他在中国很多年了，但他听不懂中文，他年轻时，人们认为没有必要学这种该死的语言，他用英语问苦力们他们在给谁挖坟。他们听不明白。他们用中文回答他，大班骂他们是无知的蠢货。他之前就知道布鲁姆太太的孩子病得不轻，可能已经死了，但他肯定会听说的呀，再说了，这不是给孩子挖的墓，这是成人的，还是一个大块头的墓。这真是不可思议。他后悔今天来墓地了。他赶紧走出去，坐上了轿子。他的好心情一扫而光，紧皱着眉。他一回到办公室，就唤来了他的副手：

"我说，彼得，谁死了，你知道吗？"

但彼得什么都不知道。大班疑惑不解。他又叫来了一位本地的职员，派他去墓地向那些苦力们问个究竟。大班开始处理公务。那个职员回来说，苦力们都走了，也没有人可以打听。大班感到一阵莫名的恼火：他不喜欢出了事自己还被蒙在鼓里。他猜自己的仆人应该知道，他的仆人总是什么都知道，于是派人去找他，但那个仆人并没有听说有哪个侨民死了。

"我也清楚没有人死，"大班怒气冲冲地说，"但是为什么挖坟呢？"

他遣仆人去问墓地的看门人，想搞清楚为什么明明没有人去世，还要挖一座坟。

"你走之前给我来一杯苏打威士忌吧。"仆人准备动身离开办公室时他又添了一句。

他不知道为什么见了那新挖的坟使他感到很不舒服，但他尽量不去想它。一杯威士忌下肚，他感觉好受了些。就把手头的事情接着忙完了。之后，他上楼，翻了翻《笨拙》周刊①。几分钟后他会去俱乐部，晚饭前玩一两局纸牌或桥牌。但是听听仆人怎么说才会让他放下心来，所以他就等着仆人回来。不一会儿，仆人回来了，还把墓地的看门人叫来了。

"你们挖坟干什么呢？"他直截了当地问，"没有人死啊。"

"我没挖坟。"那个人说。

"你们这么说到底什么意思？今天下午有两个苦力在挖一座坟墓啊。"

两个中国人面面相觑。之后，仆人说他们俩已经一起去过墓地了。那里没有新坟。

大班只能不再继续说下去。

"但，见鬼了，我亲眼看到的。"这话就到了嘴边了。

但他把这句话硬生生吞了回去，脸憋得通红。两个中国人直直地盯着他。他一时有些上气不接下气。

"好了，出去吧。"他喘着大气说。

但他们一走，他又大吼一声把仆人叫了进来，仆人面无表情地走进来，大班让他去倒一杯威士忌。大班用手绢揩了揩汗涔涔的脸。当他把杯子举到嘴唇边时，他的手抖个不停。他们爱怎么说就怎么说，但他确实看到那个墓了，不是吗？他现在还能听到苦力们把厚土铲起来抛过头顶时发出的那种

---

① 创刊于 1841 年，停刊于 1993 年，是英国第一份讽刺漫画出版物。在一百多年的历史中，著名的《笨拙》杂志关注英国社会生活的方方面面，在英国文化中具有重要的地位。——译注

闷闷的落地声呢。这又是怎么个说法？他感到自己的心脏跳个不停。他莫名其妙地感到浑身不自在。但是他让自己振奋起来。这一切就是胡闹！如果那儿没有坟墓，那肯定是一种幻觉了。他现在最好去俱乐部，要是碰上医生，就让他给自己做个检查。

俱乐部里的每个人看起来跟往常没有什么两样。不知为什么，他本来以为他们看起来会与平常不同。这好歹让人心安。这些人，多年来就这么生活着，日子过得有条不紊，慢慢形成了一些小怪癖——有个人打桥牌时哼唱个不停，另一个人坚持用吸管喝啤酒——这些怪毛病常常使他心烦气躁，但此刻却给了他一种安全感。他需要这种安全感，因为他的脑海里还没有摆脱他见到的那个奇奇怪怪的景象。他的牌打得很烂，搭档又吹毛求疵，大班大发雷霆。他觉得人们都在用异样的眼光看着他。他想知道他们能在他身上看出什么不同寻常。

他突然感到在俱乐部待不住了。当他出去时，看到医生正在阅览室读《泰晤士报》，但他鼓不起勇气去跟医生说。他要亲眼看看那个坟墓是不是真在那儿。他坐进轿子，让轿夫们把他抬到墓地去。同一个幻觉不会出现两次，对吧？另外，他要喊上看门人一起去，如果那坟墓不在那儿，他自己自然也不会看到。但如果在那儿，他就要给那个看门人一顿他这辈子都没领教过的痛打。但是看门人不在，还随身带走了钥匙。大班发现进不去墓地，顿时感到疲乏透了。他坐回轿子，让轿夫们送他回家。晚饭前他要躺半个钟头，他已经累坏了。这就切中要害了。他听说人们就是因为太累了才会产生幻觉。当仆人走进来取出晚餐时他要穿的衣服时，他真是凭着一股意志才起身的。这晚他很不想费心打扮，但他还是抵制住了这个念头：这已经是一个惯例，二十年来他每天晚上都穿得齐齐整整，规矩不能破。晚餐时，他要了一瓶香槟酒，喝了感觉精神多了。之后，他又让佣人拿来最好的白兰地。他喝了几杯之后，感觉终于恢复了精神。去他妈的幻觉！他走进台球室，练了几杆有难度的打法。眼力那么准，他又能有什么事呢。他一上床就呼呼大睡了。

　　但突然间，他醒了。他梦到了那敞开的坟墓，苦力们不紧不慢地掘着。他很肯定，他之前见过这俩人。这是他亲眼所见，要说是幻觉，那也太荒诞了。这时，他听到巡夜人打更的梆梆声，这声音太刺耳了，划破了夜的宁静，吓得他魂飞魄散。他被一种恐惧感死死地攫住。他害怕中国城市这些弯弯曲曲、拥挤逼仄的街道，觉得中国庙宇那层层叠叠的屋顶上，飘荡着狰狞痛苦的鬼魂，可怕极了。他厌恶刺鼻的臭味，也恶嫌这里的人。他讨厌那一大帮穿着蓝褂子的苦力和衣衫褴褛、脏兮兮的乞丐，也讨厌身着黑色长衫、圆滑势利、笑眯眯却又让人捉摸不透的生意人和地方官。他们可怕地向他压过来。他恨中国这个国家。他为什么要来这儿？他现在极度恐慌。他必须离开。他不想再待上一年，哪怕一个月也不行。上海有什么好？

"哦，我的上帝啊，"他叫嚷道，"要是我能平平安安回到英国就好了。"

他想回家。如果他不得不死，他也得死在英国。他不想跟黄种人埋在一起。他想要葬在家乡，而不是葬在这天他看到的那个墓穴里。他在那儿永远得不到安息。永远。人们怎么想又如何呢？他们愿意怎么想就怎么想去吧。唯一攸关之事就是一有机会就要赶紧拔腿走人。

他下了床，给公司经理写信说，他发现自己病得很重，必须有人来接替。哪怕这里再需要他，他也撑不了多久了，必须马上打道回府。

到了早晨，人们发现信在大班的手里紧紧攥着。他滑倒在桌椅子之间的地板上。他死了。

50. 轮回

　　他穿着很得体，尽管并不阔气。他戴顶黑色丝绒小圆帽，脚蹬黑色缎子鞋。身上长袍的面料是产自嘉定的淡绿印花缎子，外面罩一件黑短褂。他是一个老人，留着中国人那样长长的连鬓白胡子。他那布满皱纹、川字纹尤其明显的宽脸，看起来很友善，那副大大的角制眼镜遮不住友善的双眼。这副模样像极了你在一幅古画中看到的某位圣人，他独坐于大山脚下的竹林之中，静静冥思永恒的天道。然而此刻，他的脸上露出一种愁苦的表情，那双和气的眼睛也流露出愤懑，这是因为他正在做一件特别离谱的事（对他这般模样的人而言）：赶着一头小黑猪走在两侧漫溢着水的稻田埂上。而这头小猪不是左右躲闪，就是四下乱窜，反正就是不听使唤。此刻，他使劲拽绳子，但小猪尖叫着，不肯挪一步，无论他好言相劝，还是大声呵斥，小猪就是趴着不动，一脸怨恨地盯着他。我想起，在唐朝，这位老人或许是一位哲学家，和其他哲学家们一样，扭曲事实，使之屈从于他妄称为道理的怪念头；而现在，不知经过了多少次轮回，轮到他因肆意践踏事实而备受折磨，这可不就是报应嘛。

51. 残片

　　当你在中国旅行，我想，没有什么比中国人对装饰的痴迷更让你觉得惊奇了。牌坊或是庙宇的装饰不足为怪，家具上有些雕饰倒也合情合理，日常用具上的装饰固然令你耳目一新，但也不会十分意外。锡壶上錾满了雅致的图案，苦力饭碗上的花样尽管有几分粗糙，但也不失优美。你可以想到，只有用线条或色彩打破表面的单调，中国的手艺人才会将其视作一件完整的器物。他们甚至会在包装纸上印上阿拉伯纹饰。但你怎么也不会想到，一家店铺的门脸上会有精美的装饰，富丽堂皇的雕刻、镀金或贴金的柜台，以及精雕细琢的招牌。也许这种陈设可以用来招揽客人，但店家这么做只是为了让那些可能来赏光的过路人感到赏心悦目，你也尽可以想到，店老板肯定也颇为享受。他坐在门口，抽着水烟，透过厚厚的角制眼镜读报，偶尔会心情舒畅地看看那些奇妙的装饰。柜台上的长颈瓶中，插着一枝孤芳自赏的康乃馨。

　　在最贫穷的村庄，你都能发现相似的装饰趣味，大门尽管简陋，一幅精美的雕刻足以使其生辉，窗户上的格子构成一种复杂而优美的图案。当你走过一座桥，不管是在多么偏狭的穷乡僻壤，几乎都不会无视艺术家的独具匠心。石块以特别的方式堆砌，形成某种复杂的样式，看起来似乎这些高人眼光独到，能判断出到底是一座平桥还是一座拱桥才能跟周遭的风景相得益彰。桥上的石柱上雕刻着狮子或者龙的图案。我记得有一座桥，纯粹是为了好看而建，而并非出于实际的需要，因为尽管足够宽，容得下两匹马拉的四轮车通过，但它只是连接两座破败村落，离它最近的乡镇在三十英里开外。宽阔的大河在这里变窄，从两岸青山间流淌而过，河畔长满了榛子树。这座桥没有栏杆，由巨大的花岗岩板铺就而成，架于五座桥墩之上，中间的桥墩形如一条身披长鳞、威风凛凛的巨龙。整座石桥两侧的石板外侧，以行云流水之势凿有一道清浅、精美而雅致的浮雕。

尽管中国人煞费苦心让你赏心悦目，试图通过与朴素外表的对比，使精美的装饰持久耐看，但最终你还是会感到审美上的疲劳。雕梁画栋让人眼花缭乱，你忍不住要赞叹他们天赋异禀，这显得他们很有思想，并且也为你带来了某种丰富的印象，但其实这些思想十分局限。中国的工匠就像小提琴手，用千变万化的技法在一个调子上拉出无尽的变化来。

我恰好碰上一位法国医生，他在这个我刚刚到达的城市里执业很多年了。他收藏瓷器、青铜和刺绣。他带我参观他的藏品。它们看起来很美，就是有些单调。我恭维了几句。这时，我突然看到一尊残缺的半身塑像。

"希腊塑像？"我惊讶地问。

"你觉得是吗？我很高兴你这么说。"

头颅和手臂部分都缺失了，这尊塑像腰部以上的部分残缺得很厉害，但还残留着一块胸铠，中间有一个太阳图案，是希腊英雄柏修斯屠龙的浮雕图。这东西没有多大的价值，但它确实是希腊的。也许是因为我看腻了中国的美学，它倒是给了我异样的感觉。它传达的是一种我所心心念念的意味，这让我心绪安宁。我满怀欣喜地用双手抚摩这件古老物件，连我自己都惊异于这种欢喜。我就像是一个水手，曾徜徉在赤道海，领略过珊瑚岛的娇媚与东方城市的璀璨，然而，梦回之时，发现自己再次身处海峡港口的肮脏小道。阴冷、灰暗、破败，但这里是英格兰。

医生——这位有些谢顶的男士，神采奕奕，神色激动地搓了搓手。

"你知道这就是在离这儿不到三十英里的地方发现的吗？就在靠着西藏的地方！"

"发现！"我叫了起来，"在哪儿发现的？"

"我的上帝啊，是从地底下挖出来的。已经埋了两千年了。他们发现了这尊塑像和其他一些碎片，我想要一两尊完好无损的，但是其余的都碎了，就只剩下这个了。"

在如此遥远的边陲之地发现这尊希腊塑像，简直令人难以相信。

"你觉得这是怎么回事呢？"我问。

"我认为这是一件亚历山大大帝①的塑像。"他说。

"天呐！"

这真是让人倒吸一口冷气。有没有可能是一位马其顿王国的司令官，长途远征印度之后，来到西藏的雪山之下，循路进入了这个神秘的中国一隅？医生还想让我看看满族的服饰，但我却顾不上了。这位跋山涉水深入东方腹地、发现了一个王国的人，该是一位多么勇猛的探险家啊！在那儿，他为爱神阿芙罗狄蒂和酒神狄俄尼索斯各建了一座神庙，剧院里演员们演唱安提戈涅的悲歌，入夜之后的大殿之上，诗人们吟诵着英雄史诗《奥德赛》②。他和随从们聆听着，也许感到他们自己与那个老水手及他的手下们惺惺相惜。这件大理石碎片钩沉了多少瑰丽的想象，与之伴随着多少美妙的传奇

① 亚历山大大帝（Alexander the Great，前356年—前323年6月13日），马其顿王国国王（前336年—前323年6月13日在位），称亚历山大三世，杰出的军事家和政治家，是西方历史上四大军事统帅之首（其他三人为汉尼拔、恺撒、拿破仑）。——译注

② 西方文学的奠基之作，是除《吉尔伽美什史诗》和《伊利亚特》外现存最古老的西方文学作品，是古希腊最重要的两部史诗之一（另一部是《伊利亚特》，两部史诗统称《荷马史诗》）。《奥德赛》延续了《伊利亚特》的故事情节，相传为盲诗人荷马所作，讲述的是奥德修斯的海上历险。他在海上漂流十年，部下死伤殆尽，经历无数艰难险阻终于返回故乡，与妻儿团聚。——译注

啊！那个王国存续了多久？何种悲剧导致它的崩塌？啊，此时此刻，我无意欣赏西藏经幡或青瓷茶具，因为我看到了庄严又可爱的帕特农神庙 ①，而下方，是静谧的、蔚蓝色的爱琴海。

---

　　① 雅典卫城主体建筑，为歌颂雅典战胜波斯侵略者的胜利而建，是供奉雅典娜女神的最大神殿，代表全希腊建筑艺术的最高水平。——译注

52. 人中翘楚

　　我总是记不住他的名字，但是港口的人提起他，总把他说成人中翘楚。他大概五十岁上下，又瘦又高，衣冠楚楚，打扮考究，脑袋不大，脸庞秀气，五官棱角分明。夹鼻眼镜后面的那双蓝眼睛显出善良的天性和快乐的神情。他很活泼，爱调侃，总把人逗乐。从他口中冒出的笑话常让酒吧里的人们捧腹大笑，他也会拿圈子里某个不在场的人打趣，当然是毫无恶意的。他的幽默可与音乐剧中的喜剧演员比肩。人们提到他时就会说：

　　"你知道吗，我真好奇他为什么不登台表演。他会一举成名的。真是凤毛麟角啊！"

　　你要喝酒，他随时奉陪，你刚刚喝完一杯酒，他就会用一个中国成语来劝你满上下一杯：

　　"好事成双！"

　　但他从不恣意豪饮。

　　"喔，他总是时刻保持头脑清醒，"他们说，"真是出类拔萃啊。"

　　当为某个慈善项目募捐时，他总是比别人慷慨大方，他也时常出现在高尔夫球赛或是桌球比赛中。他是个单身汉。

　　"婚姻对于一个生活在中国的男人而言没有意义，"他说。"他得每年夏天把妻子送回国，而等孩子长大了，变得可爱了，他们又要回国念书了。你花了大把钞票，但最终竹篮打水一场空。"

　　他对社区里的女士们永远彬彬有礼。他是怡和洋行的大老板，有权有势、如鱼得水。他已经在中国生活了三十年，且以自己一句中国话都不会说而自居。他从不进城。他的买办们都是中国人，几个雇员是中国人，听差的和轿夫自然也都是。他们是唯一跟他打交道的中国人，这对他来说足够了。

　　"我讨厌这个国家，我受够了这里的人，"他说，"我攒够了钱抬腿就走。"

　　他哈哈大笑起来。

　　"你知道吗，上次我回国时，发现人人都在谈论中国的帆船、绘画、瓷器和其他一些玩意儿。'不要跟我谈中国的东西。'我朝他们嚷道。只要我活着一天，我就不想看到中国的东西。"

　　他转过身来。

　　"我要告诉你的是，我敢肯定在这家里，没有一样中国的东西。"

　　可如果你想让他聊聊伦敦，他能兴致盎然地跟你侃上个把小时。他熟知近二十年来上演的所有音乐剧；对远在九千英里之外的莉莉·埃尔西①小姐和埃尔西·珍尼斯②小姐的近况如数家珍。他会弹钢琴，也有一副好嗓子；无须多费口舌，他就高高兴兴地坐下来，给你唱一曲他上一次回国时听到的流行小调。眼前这位头发灰白的男人，他那让人费解的举止实在让我感到有几分怪异，甚至有些做作。但一曲终了，人们可劲儿地鼓起掌来。

"他真是个宝藏，不是吗？"他们说，"啊哈，真是人中翘楚啊。"

---

①　1886 年生于英国西约克郡，1962 年逝世于伦敦，英国爱德华时期的著名演员与歌手。——译注

②　1889 年生于美国俄亥俄州马里恩市，1956 年逝世于加利福尼亚州比佛利山，歌手、作曲家、演员、剧本家，一战时期被称为"美国远征军的甜心"。——译注

53. 老水手

大部分船长都是相当无趣之人。他们张口闭口无非就是运费和货物。对于所泊港口的深入，只不过是代办处和常逛的酒吧和妓院。他们与大海的亲密联系使他们富有某种魅力，他们自认为这来自对陆地的想象。对他们而言，大海只不过是谋生的手段，他们对大海了如指掌，就像火车司机了解他的机车，这么说来，海洋的确是枯燥无味又切实可用的。他们是男人，是工人，眼光狭隘，大多数没有受过教育，没有什么文化。他们全都一个样儿，既不够机敏，也没有想象力。他们直率、无畏、诚实、可靠，坚守一成不变的规则。他们的形象十分突出：他们被置于某个环境之中时，就像放在三维图像中的物体，你可以把他们周围的一切看得清清楚楚，他们把自己显著的特征凸显在你的面前。

没有人比布茨船长更不像这类人了。他是长江上游一艘小汽轮的船长，因为我曾是他唯一的乘客，彼此在一块儿消磨了相当长一段时间。尽管他能说会道，甚至有点多嘴多舌，我却还是看不透他，他的形象在我的脑海中总是模糊不清的。

我想也正是因为他的难以捉摸，才激发了我的想象力。他的
外表倒是没有什么难解之处。他块头很大，身高有六英尺二
英寸，体格健壮，五官粗大，面色红润而和气。他笑起来的
时候露出一排好看的金牙。他头秃得很厉害，胡子刮得净光；
但他的眉毛却是我所见过的最浓密、最咄咄逼人的；眉毛下
面是一双温和的蓝眼睛。他是个荷兰人，尽管他在八岁那年
就离开了荷兰，但他说话仍带着家乡口音。他发不出"th"这
个音，总是发成"d"音。他的父亲是个渔民，驾着自己的纵
帆船在须德海上捕鱼，听说纽芬兰一带渔业资源丰富，他带
着妻子和两个儿子，横跨广阔的大西洋。在那儿和哈德逊湾
待了几年之后——这几乎是半个世纪前的事了——他们又绕
过合恩角去了白令海峡。他们在那里猎取海豹，直到法律介
入拯救那种濒临灭绝的动物。那时，布茨已经是个男子汉了，
一个勇敢的男子汉，天晓得，他天南海北航行去了哪些地方，
在不同的帆船上先是做三副，然后是二副。他几乎一辈子都
在海上，如今在一艘小汽船上，这使他感到颇不自在。

"只有在帆船上你才能感到浑身舒坦，"他说，"轮船上怎
么着都不舒服。"

他曾沿着整个南美洲的海岸线寻找硝酸盐，然后到了非
洲的西海岸，再后来，在缅因湾捕捞鳕鱼，在这之后，跟着
咸鱼货船去了西班牙和葡萄牙。马尼拉客栈的一位熟人建议
他去中国试试。于是，他去了香港，当上了一名水上稽查员，

不久之后，被任命为一艘小货轮的船长。有三年时间，他负责稽查鸦片走私船，在攒了一小笔钱之后，给自己造了一条四十五吨的纵帆船，并下决心去白令海峡，再试试捕猎海豹的运气。

"我估摸着我的船员都被吓坏了，"他说，"等我到了上海，他们就扔下我溜了，我又找不到其他人，无奈之下，只能把船卖掉，坐上了去温哥华的船。"

那是他头一回离开大海。他认识了一个推销干草叉专利的人，决定和那人一起去美国推销这个专利。对一个水手而言，这真是一份奇特的职业，然而，他做得不太成功，因为雇用他的那家在盐湖城的企业最终倒闭了，他自己也赔了个精光。他糊里糊涂回到了温哥华，但有心考虑岸上的生活了，于是，他找了一份房地产经纪人的工作。他的工作职责是带着买家去看房，如果买家不满意，他就尽力劝说，不让他们后悔自己的开价。

"我们把一块山坡上的农场卖给了一个家伙，"他回忆道，蓝眼睛闪闪发光，"那山坡太陡了，所有的鸡都是一只腿长、一只腿短呢。"

五年之后，他想重回中国。他毫不费力找了份差事，在一艘西航的船上做船员，很快他就又重操旧业了。自那时起，他几乎走遍了中国的所有航道，并从轮船上的二副升为大副，直到最后在中国船主的船上做了船长。他很乐于谈论未来的计划。他在中国待的时间够长了，希望能在弗雷泽河畔有个自己的农场，然后给自己造一条船，钓钓鲑鱼、比目鱼之类的。

"是该安顿下来了，"他说，"五十三年了，我都在海上，我还奇怪我怎么还会做一些造船之类的事。我不是那种死死盯住一件事不放的人。"

他说得不无道理。这种漂泊不定的生活本身也造就了他优柔寡断的性格。他的身上有一种流动性，以至于你不知道该在哪儿抓住他。他使你想起一幅日本版画中烟雨朦胧的景色，那种意境，欲语还休、似有似无。他身上那种特有的文雅，在那些粗鲁的老水手身上是找不到的。

"我不想冒犯任何人，"他说，"友善待人，正是我努力做到的。如果别人不按你说的去做，那就跟他们心平气和地讲，说服他们。没必要发脾气，尽可能好话好说。"

跟中国人打交道，这样一个原则并不常见，我也不知道这样做管不管用。遇到了一些麻烦事之后，他回到船舱，摆摆手说：

"我实在拿他们没辙。他们不讲理。"

此时，他的温和看起来更像是懦弱。但他并不是个傻瓜。他是个富有幽默感的人。我们的船开到某个地方，吃水超过了七英尺，因为这里是整条河最浅的河段，勉强达到吃水的深度，因此航行较为危险，港务局需要等船上的部分货物卸下来之后，才会给我们发通行证。那是这条船的最后一段行程，船上装载着驻扎在下游需要数日航程才能到达的军队的军饷。军事长官不让船只起航，除非卸下一些银圆。

"我想我得奉命行事了。"布茨船长对港务长说。

"直到我看到船身上五英尺的标记露出水面，否则我不会给你发通行证。"港务长说。

"我会让人卸掉一些银圆。"

他把港务长请到岸上的海关俱乐部，请他喝酒，一边等着卸货。他们在一起喝了四个小时，当他回到船上时，走得跟去时一样稳当。而那港务长已然喝得烂醉如泥。

"啊，我看到吃水标尺下去两英尺了，"布茨船长说，"那就行了。"

港务长看了看船侧的数字，确定五英尺的吃水标尺已经露出了水面。

"很好，"他说，"现在你可以走了。"

"我马上开船。"船长说。

一磅货物也没有被卸走，只不过一个精明的中国人手脚麻利地重新刷了标记。

这之后，蛮横无理的大兵觊觎船上的银圆，设法不让我们离开那座海滨城市，这时，他展露出一种令人赞许的坚定。他平和的脾性受到了考验，他说：

"要是我不想待了，谁也别想让我留下。我是船长，该由我来下命令。我得开船了。"

　　急促不安的买办说如果我们开船，军队就会开枪。一个军官下了道命令，士兵们单腿跪地，把枪平端起来。布茨船长看着他们。

　　"把防弹幕放下来，"他说，"我说了我要开船，让中国大兵们见鬼去吧！"

　　他下令起锚，也就在同一刻，军官命令士兵开火。布茨船长站在驾驶室里，真是一个奇怪的形象，穿着老式的蓝色紧身上衣，红红的脸膛和强壮的身躯，看起来就像那些在格里姆斯比码头上闲荡的老渔夫。我们的船在噼啪的枪声中慢慢驶离。

54. 问

他们带我参观一座庙宇。它依山而建，黄褐色的群山环拱着它，衬托出它的庄严与雄伟。他们指给我看这些建筑的设计是如何精巧：鳞次栉比的建筑顺着山势而修，直抵被绿树环绕的用汉白玉装饰的大殿——中国建筑师寻求的是将自身的创造融入自然，因此，他们总是巧借风物，妙手生景。他们指给我看这些树木栽种得如何巧妙：恰好与大理石的门面相映成趣，在这一处形成了怡人的绿荫，在那一处又成了衬景。他们让我留意那些雕有精美花饰的巨大屋檐：那种精妙的对称，它们一层高过一层，极其繁复。他们向我展示的黄色瓦片其实颜色并不相同：一眼望去，并不会看到一片金灿灿，人的感知不会产生什么不适，只会赏心悦目于微妙的色调变化。他们向我展示大门是如何精雕细琢，而与之形成对比的是墙面的天然去雕饰，如此一来，人的眼睛才不会感到疲乏。一路上，他们谈兴颇浓，我们就这样踱过优雅的庭院，走过别致的小桥，穿过供奉着摆着各种姿势的诸神的大殿。但当我问及究竟是什么样的精神境界让人建造了这些气势恢宏的建筑时，他们却沉默不语。

55. 汉学家

　　他个头很高，身材肥胖，兴许是不愿劳动，肌肉有些松弛。他的宽脸泛着红光，胡子刮得干干净净，一头银灰色的头发。他讲起话来语速很快，还很急促，音量很小，和他那魁梧的身躯不大相称。他借住在城门外的一座寺庙里，庙里有三个和尚和一个小沙弥料理事务、张罗仪典。他的屋子里只有几件中式家具，藏书却极多，但并不让人感到舒服。天气冷飕飕的，尽管我们所在的书房生着煤油炉，但依然没有几分暖意。

　　他比任何一个在中国的外国人都更通晓汉语。他花了十年时间编撰一本字典，就是为了使之取代一位业内翘楚的版本，他与那位著名学者已相识二十五年，但对此人却很"感冒"。他的工作既有益于汉学研究，又泄了私愤。他有着一副大学者的派头，你会觉得终有一天他会成为牛津大学的汉学教授，那才是实至名归。他比大多数汉学家都眼界开阔，那些人也懂汉字，这一点你必须笃信不疑，但最笨拙的人都能看得出，他们对其他东西一无所知。他谈到中国哲学和文学时所展现出的广博与多样，在其他汉学家身上难觅踪影。因为他沉浸在自己独特的追求之中，对赛马、打猎一类的事情毫无兴趣，欧洲人觉得他古里古怪。每当异类的品位与自身不同，人类就总会这样，他们带着狐疑又几分敬畏的神情看他。他们暗示他精神不大正常，还有人说他抽鸦片。这些指责往往针对那些终其一生致力于了解东方文明的人。但只需在他那间简陋至极的小房间里待一会儿，你就会明白这个人完全过着一种精神生活。

　　但这是一种很专业的生活。美和艺术丝毫打动不了他，当我听他动情地谈论中国诗人时，我不禁自问，那其中的精华是否已经从他的指缝间溜走了？这个人所接触的现实都来自故纸堆。莲花的出淤泥而不染令他心驰神往，只是因为李白在诗中歌颂它的娇媚，中国少女的宛然一笑让他颇为心动，也仅仅是因为他有感于一首精妙绝伦的绝句罢了。

56. 副领事

轿夫们把轿子停在衙门口，并掀开挡雨的帘子。他探出头来，就像一只大鸟从窝里伸颈张望。接着，他探出长长瘦瘦的身躯，最后是他瘦瘦长长的双腿。他站定片刻，仿佛不太明白自己要做些什么。他年纪很轻，修长而有些笨拙的四肢，给他平添了几分乳臭未干的感觉。他的圆脸稚气未脱（就他的身高来说，他的头看起来太小了），好看的棕色眼睛显出机灵与真诚。官职令他底气十足（不久前他只不过是个见习译员），但难掩其天生的腼腆。他将名片递给法官的文书，并被引入内厅落座。厅里冷飕飕的，副领事庆幸自己穿了厚实的防雨衣。一个衣着破旧的差役递上烟茶。那文书，一位穿着老旧黑长袍的瘦弱年轻人，曾留学哈佛，很乐意展示他流利的英语。

随后，法官走了进来，副领事站起身。法官是一个臃肿的中年人，穿着厚重的棉衣，大脸盘，笑容可掬，戴一副金丝眼镜。他们坐下喝茶，点上美国香烟，开始愉悦地交谈。法官不会讲英语，副领事的中文在他看来蹩脚得很，他忍不

住想这个年轻人今天能否胜任公务。这时，一位助手走了进
来，跟法官说了几句，法官礼貌地询问副领事是否准备好履
行自己的公务了。外堂的门被打开了，法官走进去，坐在高
台上一张桌子旁的大席位上。他现在敛住笑容，本能地显示
出与其职位相称的威风。副领事在他客气的示意下，坐在他
的旁侧。文书则站在桌案的尽头。这时入口的大门猛地打开
（在副领事看来，这样的开门方式真是太戏剧化了），一个惊
慌失措的囚犯快步进入。他走到大堂中央，面向法官，站得
笔直。他的两侧站着两位穿着卡其布制服的士兵。囚犯是个
年轻人，副领事觉得他不比自己大。他只套了一件棉裤和一
件棉背心，虽已褪色，但还干净利落，光着头，赤着脚。他
与那些你在熙熙攘攘的街道上看到的那些成千上万穿着清一
色蓝褂子的苦力没有什么分别。法官和囚犯面对面，没有作
声。副领事看了看囚犯的脸，但他随之就垂下眼帘：他不想
看到那张脸上不言而喻的表情。他突感一阵窘迫。他低头看
到了那人的脚，修长有型，站立的姿势尤其优雅。他的双手
被缚在身后。他身材瘦削，中等个头，那副羸弱的样子好像
一只野生动物。但副领事还是不情不愿地把自己的目光移到
了那张光滑的、没有皱纹的瓜子脸上。那是一张发白的脸。
副领事经常读到"吓得脸都发白了"一类的句子，他一度以
为这不过是一种浮夸的说法，但他现在就看到了这样的脸。
这让他大惊失色，很难为情。还有那双眼睛，那不是一双人

们引以为然的中国人的眼睛，而是直勾勾的，出奇的大，特别炯炯有神，紧盯着法官那令人望而生畏的眼睛。但当法官向他提出一个问题——审讯和判决程序已经完成，他今天上午被带到这儿只是为了验明正身——他还是大声而清楚地做出了回答，毫无惧色。尽管身体会出卖他，但他依然是自身意志的主人。法官发出简短的命令，那人被两位士兵押解出去。法官和副领事站起身来，走出大门，他们的轿子在那儿候着。囚犯和士兵也在那儿等着。囚犯尽管被绑着，但还是抽了一根烟。一小队士兵在屋檐下躲雨，看到法官出来，一个军官命令他们列队站好。法官和副领事钻进轿子。军官一声令下，士兵们出发了。囚犯在他们身后几码远，后头是轿子里的法官，最后是副领事。

他们疾行穿过繁忙的街道，路旁的店家面无表情地望着这支队伍。寒风凛冽，秋雨淅沥。穿着棉背心的囚犯想必浑身湿透了。他迈着坚定的步伐，高昂着头，竟有几分自在得意。从衙门到城墙颇有一段路程，大概要走半个钟头。之后，他们穿过城门，来到城外。四个穿着蓝色破褂子的人——他们看起来像农民——靠墙站着，脚边放着一口破棺材，很粗糙，没有上漆。囚犯走过时斜瞥了棺材一眼。法官和副领事下了轿，军官让士兵们停步。城墙脚下是一片稻田。囚犯被带到一条田埂上，被勒令跪下。但军官认为这位置不妥。他让那人站起来，又向前走了一两码，再次跪下。

一名士兵出列，站在囚犯身后约三英尺远的地方，端起枪瞄准，军官发出号令，他开了枪。囚犯向前扑倒在地，挣扎了几下。军官走上前去，发现他还有动静，便朝他的身体又补了两枪。之后，他再次整顿队列。法官对着副领事笑了笑，但那副怪样子更像鬼脸。

他们坐进轿子，但在城门口他们分开了。法官彬彬有礼地向副领事作揖告辞。副领事穿过蜿蜒拥挤、平静如初的街道回到领事馆。他的轿子走得极快，因为领事馆的轿夫们都年富力强，他们不停吆喝让路的喊声让他心烦意乱，他想到，蓄意结束一个人的生命是多么可怕：似乎承担了一份沉重的责任，去摧毁世代耕耘的成果。人类已经存在这世上良久，我们中的每一个人都是一系列无尽的、神奇的事件演变的结果。但与此同时，他又困惑不已，他感到生命微如蝼蚁。生命或多或少都是轻如鸿毛的。到了领事馆，他看了看表，没想到已经这么晚了，他让轿夫直接抬着他去俱乐部。这时候该来一杯鸡尾酒了，天呐，可以喝一杯了。他走进去时，十几个人围在吧台旁边。他们知道这天上午他干什么去了。

"嗨，"他们问，"你见到那家伙挨枪子儿了吗？"

"当然了。"他漫不经心地大声说。

"一切都顺利吗？"

"他不过扭了几扭，"他转过头去对着酒保说，"跟往常一样，约翰。"

57. 山城

　　常言道：太阳照，狗儿叫。这是一座灰蒙蒙的城市，建在高崖之上，笼罩在一片迷雾之中，两条大江交汇于此。这座城被四面环绕的江水冲刷，其中一面是浑浊、湍急的激流。山崖好似古代单层帆船的船头，被一股奇特的非自然生命所拥有，竭尽全力地颤抖着，它又像正要加速冲进那奔腾不息的急流。崎岖连绵的山峦将整座城包揽其中。

　　城墙外遍布破败不堪的民房，当江水低退，碰碰运气的居民们就靠船家的需要糊口；山脚下停着上千条船只，互相紧挨着，在那儿，人们的生活亦如江流涌动不息。一条陡峭且蜿蜒的石阶通往一座筑有牌楼的大门①，这条道上从早到晚都有上上下下运水的挑夫，他们的水桶湿淋淋的，溅出的水把路面弄得湿漉漉的，好像下过一场大雨。在这儿走不了几分钟的平地，因为台阶太多了，就像在意大利维埃拉的山城小镇一样。这里空间狭小，街道挨在一起，又窄又暗，它们

---

　　① 此地应指重庆的朝天门码头。——译注

无止尽地曲折延伸，你感觉像在走迷宫。街上人头攒动，就像伦敦的剧院散场时，人们一窝蜂冲上街道。你不得不被挤着往前走，每当有轿子从身边经过，你都得靠边让一让。苦力们总是挑着挑不完的重担，货郎们走街串巷叫卖各类零头巴脑的日用小百货，从身边走过时不免磕你一下。

　　店铺朝街大敞着门面，没有门窗，里面跟街上一样拥挤。它们像艺术品和手工艺品的展销会，你会觉得这看起来很像中世纪英格兰的街道，彼时，每个城镇都能生产所有的生活必备之物。三百六十行聚集一处，你会走过肉铺一条街，两边挂满了血淋淋的肉条和内脏，苍蝇嗡嗡乱飞，癞皮狗在下面焦躁地窜来窜去；你会走过纺织一条街，每家每户都有一台织机，人们忙着织布纺绸；还有许许多多的饭庄，飘出浓烈的气味，任何时候都有食客上门；在街角，你往往会看到茶馆，那儿同样一整天坐满了形形色色的人，吃着茶抽着烟；剃头匠对周围的一切置若罔闻，忙着做他的生意，有些人双臂环抱胸前，惬意地斜靠着，让师傅剃头修面；另一些人在掏耳朵，还有一些人在翻眼皮①。这景象让人不愿多瞧。

　　这座城有上千种噪音。小贩们敲着木梆子吆喝买卖；盲人艺人和按摩女打着快板；饭馆里有人尖声尖气地唱着曲；一处在办红事或白事的房子里传出震天锣声；苦力和轿夫们

---

　　①　这里所说的"掏耳朵""翻眼皮"指的是采耳、洗眼等流行于蜀地的休闲活动。——译注

吼着粗声粗气的哼哈声；乞丐们发出连连乞讨声，他们肢体残疾、衣不覆体、身染恶疾，活脱脱一幅人世讽刺画；唢呐手总是吹破了音，可吹来吹去还是不着调；接着，就好似在低音的伴奏之下，人们的说笑声、吵闹声、玩笑声、叫嚷声、争辩声、闲言碎语声，所有这些嘈杂的声音合成了一种粗野的曲调。这是一种没完没了的喧嚣。这种声音起先会让人感到不同寻常，接着让人抓狂，最后让人发疯。你渴望片刻的安宁，那是一种奢侈的快乐。

　　而与这些充斥着耳朵的人群喧闹声相混杂的，则是一股恶臭。随着年岁渐长、阅历增加，你的嗅觉会变得异常灵敏，你就能分辨多种不同的臭味。难闻的气味，一如粗鄙乐器演奏恐怖的旋律，折磨着你的神经。

　　你说不清周遭芸芸众生意味着什么。想到你的同胞，同情与理解给了你一个支点。你可以进入他们的生活，至少在想象的层面上，在一定的程度上真正地拥有他们。通过想象，你几乎可以把他们当作你自己的一部分。但这些人对你而言毕竟是陌生的，就像你对他们而言也是陌生的一样。你找不到破解他们神秘之处的线索。即使他们在许多地方与你有相通之处，也无济于事。这只不过更突出了他们与你的不同。某个人会吸引你的注意，一个脸色苍白，戴着角制大眼镜，腋下夹着一本书的年轻人，他专心致志的样子让人心生愉悦；或是一位老者，戴着一顶风帽，留着稀疏的花白胡须，眼神透着倦意：他看起来就像中国艺术家绘于山水画上或康熙年间瓷器上的古代圣贤，但你依然像是在看一堵砖墙。你毫无凭据，你连他们最基本的情况都一无所知，于是你的想象力就无从发挥。

当你爬到山顶，再次来到那绕城的古城墙边，穿过肃穆的城门走出去，便来到了城外的墓地，在田野上连绵数英里，山上山下是一望无垠的绿坟头和灰石碑。人们每年来祭扫一次，同时告诉逝者他们的后人过得如何。逝者如城里的活人一样，也密密麻麻地挤在一起；他们似乎在压迫着活着的人，好像要把大活人挤到那浑浊不堪、水流湍急的大江中去。那层层叠叠的群山让人心生畏惧，它们带着一种阴沉的冷酷，伺机将这座城吞没。好像到最后，它们就会如不可阻挡的命运一般无情侵入，驱逐面前的汹涌人潮，直到房屋和街道都被它们倾覆，而坟茔则下延至水闸。最后，一片沉寂，永不受侵扰、靡靡安顿的沉寂。

那些绿色的坟茔，它们是怪异的，也是可怕的。它们似乎在等待。

58. 祭神 ①

　　她是个老妇人，面皮干瘪，满脸皱纹。灰白的头发上插着三支长长的银簪，形成了一种很特别的发饰。她穿着一身褪了色的蓝布衣服，一件打了补丁的破单褂，一条只到小腿的裤子。她赤着脚，但一个脚踝上戴着一只银镯。很显然，她的生活十分贫苦。她不壮，但却很结实，想来年轻时肯定吃了不少苦，这一辈子就这么过来了。她踏着老妇人独有的沉稳步伐，气定神闲地朝前走去，臂膀上挎着一只篮子。她下了坡，来到了码头，那里挤满了漆成各种颜色的帆船。她的目光好奇地落在一个站在窄筏上用鸬鹚捕鱼的男人身上。接下来，她一门心思做自己的事情了。她把篮子搁在水边码头的石滩上，从篮子里拿出一支红蜡烛。她点着蜡烛，把它插在石头缝里，随后取出几根香，就着烛火点燃，并插在蜡

---

　　① 文中老妇人的一系列动作是在祭祀逝去的亲人，毛姆应该是将中国人祭祀祖先或亲人的传统错当作了对神仙的祭拜。——译注

烛周围。她又掏出三只小碗，用她带来的瓶中酒倒满，再整整齐齐地把小碗排成一排。接下来，她从篮子里拿出一沓纸钱和纸叠的元宝，把它们摊开，这样可以烧得彻底一些。她生了一堆火，火烧起来之后，她把那三碗酒泼了些在焚着的香前。她拜了三拜，口中念念有词。接着，她拨了拨燃烧的纸钱，以便火烧得更旺一些，随后，把碗里的酒全部洒在地上，再次拜了三拜。没有人注意她的一举一动。她从篮子里捻出一些纸钱，投进火堆中。再之后，她就没再做什么了。最后，她拎起篮子，又踩着同样悠闲但略带沉重的步子离去了。诸神得到了恰如其分的供奉。于是，她就像一位法国的老农妇心满意足地干完了一天的家务之后，去忙自己的事了。

辛丑年末
完译于金陵栖云山房

附录　毛姆生平年谱

1874 年 1 月 25 日，出生于英国驻法国巴黎大使馆，家中多律师，为爱尔兰后裔。

1882 年，母亲死于肺结核。

1884 年，父亲死于癌症，继承了一笔每年 300 镑的遗产，被送往英国，跟随叔叔牧师亨利·麦克唐纳·毛姆生活。

1884—1890 年，就读于英国坎特伯雷国王公学，幼年的失怙之痛，以及因身材矮小和严重口吃所遭受的校园霸凌令其身心遭受巨大伤害，此影响伴其一生。

1890 年，前往德国海德堡大学学习文学、哲学和德语；完成了平生第一部传记《梅耶贝尔》（*Mayebel*），被退稿后付之一炬。

1892 年，就读于伦敦圣·托马斯医学院。

1897 年，从圣·托马斯医学院毕业，取得医生执照，成为临床医生；完成第一部长篇小说《兰贝斯的丽莎》（*Liza of Lambeth*），从此弃医从文，开启长达 70 年的写作生涯。

1899 年，完成《人性的枷锁》（*Of Human Bondage*）初稿，该书极具自传色彩。

1902 年，开始戏剧创作，成为红极一时的戏剧家。

1908 年，伦敦西区的剧院同时上演他的四部戏剧作品：《探险家》(*The Explorer*)、《杜特太太》(*Mrs. Dot*)、《佛烈德里克夫人》(*Lady Frederick*) 和《杰克·斯特劳》(*Jack Straw*)，创下了一个时代的记录。

1909 年，《佩妮洛普》(*Penelope*) 上演 246 场，《史密斯》(*Smith*) 上演 110 多场。

1910 年，购置临近海德公园的五层豪宅，朋友艳羡地称之为"最理想的写作地点"。

1915 年，女儿玛丽·伊丽莎白·毛姆出生；出版《人性的枷锁》(*Of Human Bondage*)。

1916 年，与同性恋人杰拉德·哈克斯顿结伴前往南太平洋，从旧金山出发，经夏威夷、萨摩亚、斐济、汤加、新西兰，最终抵达法属塔希提。

1914—1918，赴法国参加战地急救队，后加入英国情报部门，从事间谍活动。

1917 年，在非自愿的情况下与西里尔·韦尔康结婚。

1919 年，出版小说《月亮与六便士》(*The Moon and Sixpence*)。

1919—1920 年，与哈克斯顿一起踏上中国的土地。

1921 年，根据南太平洋的旅行经历，出版小说集《叶的震

颤》(*The Trembling of a Leaf*)；戏剧《周而复始》(*The Circle*)
上演，此剧是毛姆最杰出的戏剧作品之一，曾被英国皇家国家
剧院列为 "20 世纪最精彩的戏剧" 之一。

1922 年，出版游记《中国屏风上》(*On A Chinese Screen*)、
戏剧《苏伊士之东》(*East of Suez*)。

1925 年，出版小说《面纱》(*The Painted Veil*)。

1926 年，出版小说集《卡美里纳树》(*The Casuarina
Tree*)。

1928 年，根据在一战中的亲身经历，出版《秘密情报员》
(又译作《阿申顿》)(*Ashenden, or The British Agent*)；定居于
法国蓝岸地中海滨的里维埃拉，购置了玛莱斯科庄园别墅，除
去旅行外，在此度过余生。

1929 年，与西里尔离婚。

1930 年，出版长篇小说《蛋糕和麦芽酒》(又译作《寻欢
作乐》)(*Cakes and Ale*)，是其最得意之作。

1933 年，出版小说集《阿金》(*Ah King*)。

1937 年，出版小说《剧院风情》(*Theatre*)。

1938 年，出版回忆录《总结》(*Summing Up*)。

1940 年，逃离法国，前往美国躲避战乱。

1943 年，出版晚期创作最重要的作品《刀锋》(*The
Razor's Edge*)。

1946 年，回到法国南部里维埃拉，创作完成《彼时此时》(*Then and Now*)。

1947 年，设立"毛姆文学奖"，这项年度英国文学奖奖励 35 岁以下的优秀作家，奖金为 12000 英镑。

1948 年，完成最后一部小说《卡塔丽娜》(*Catalina*)，完成随笔《作家笔记》(*A Writer's Notebook*)。

1952 年，由牛津大学、海德堡大学、图卢兹大学授予名誉博士学位。

1954 年，由英国女王授予"荣誉侍从"称号，成为皇家文学会会员。

1959 年，开启最后一次远东之行。

1961 年，与 E．M．福斯特同获英国皇家"文学勋章"最高荣誉奖章。

1965 年 12 月 16 日，病逝于法国尼斯，享年 91 岁，安葬于英格兰坎特伯雷国王公学尖塔下的盖尔坪花园。

■ 童年毛姆

■ 毛姆与她的新娘西里尔，摄于新婚后不久。

■ 毛姆手持高更画像与男主角亨瑞·阿英利的造型进行对比，摄于
1925 年 9 月 22 日，《月亮与六便士》上演前夕。

■ 毛姆与派拉蒙影
业公司创始人杰
西·拉斯基，摄
于 1926 年元旦。

■ 毛姆于 1934 年抵达纽约。

■ 毛姆肖像，摄于 1936 年。

■ 毛姆写作半身照，摄于 20 世纪 50 年代。

■ 毛姆在玛莱斯克庄园别墅的厨房中与女佣安妮特商量菜谱，
摄于 1954 年元旦。

■ 时年 80 岁的毛姆穿戴考究，接受女王授奖，摄于
1954 年 7 月 7 日。

■ 丘吉尔访问里维埃拉期间拜访邻居毛姆，摄于1959年4月4日。

■ 毛姆站在他的玛莱斯科庄园别墅门口，旁边墙壁上的"摩尔人护身符"是他很珍视的东西，也是他的个人徽章。这个图案几乎出现在他所有的私人物品（轿车、火柴盒、烟匣等），还有出版物上。

VILLA MAURESQUE

■ 年近九旬的毛姆在威尼斯。

■ 毛姆在多芙黛尔夫人位
于摩洛哥蒙特卡洛的寓所
中度过 90 岁生日。

■ 毛姆与骑着白马前来祝贺其 91 岁生日的英国作家威廉·霍尔特
相谈甚欢，摄于里维埃拉。